松任谷由実

ENCHANTÉ YUMING!

ユーミンとフランスの秘密の関係

CCCメディアハウス

Paris, Je t'aime...

パリと私

アンシャンテ・パリ、アンシャンテ・フランス

あらためて白状しますが、私の創作世界はパリ、パリジェンヌ、そしてフランス文化から少なからず影響を受けています。手掛けた楽曲は650を超えますが、あるときは自覚的に、あるときは無意識に、その匂いを忍びこませていた気がします。それが何だったのか。デビューから45年経った今、少し考えてみたくなりました。ヒントを教えてくれそうな人たちに会い、あらためてフランスにも出かけてみることにしました。アンシャンテ・パリ、アンシャンテ・フランス。とても馴染み深い世界に「はじめまして」の気持ちで。

まずは、私とフランス、パリとのなれそめ。そして今のフランスへの想いから。

少女時代に〝パリかぶれ〟

フォーブル・サン・トノーレにカルダンとクレージュ。そして宇宙服を模したニューファッション。1979年に発表したアルバム『OLIVE』に収録した「未来は霧の中に」という歌には、少女時代、私が抱いたパリへの憧れの欠片がちりばめてあります。60年代初頭、日本中が東京オリンピックに浮かれていたころに出合ったこれらが、私にとっての最初のパリでした。

当時、多くの日本人にとって外国といえばアメリカでした。私の生家の近くにも米軍基地があり、そこに暮らす将校夫人たちが実家の洋裁部(家業は呉服屋でしたが、その一角で洋服も作っていたのです)にやってきては、服を誂えていました。そのとき、彼女たちが携えてきたのが、「エレガンス」や「ハーパーズ バザー」。パリの最新モードを指さし、「こういうのをつくって!」とオーダーしていったのです。パリってステキ! まんまとそう影響を受けた私は、バルキーなミニのセーターに発売されたばかりのアッツギのカラータイツ。そんなスタイルで小学校に通っていました。

アメリカ経由でパリを知ったのはとてもラッキーな出合いだったと思います。当時、世界の王であったアメリカの、その中でも頂点の暮らしをしていたセレブ達が吸収した情報が届いたのですから。アイコンはジャクリーン・ケネディやオードリー・ヘップバーン。とんでもなく美しくカッコいい。私が最初に会ったのは、そういうパリでした。

そして中学時代には、アメリカのポップチャートに混じってフレンチ・ポップスが届きます。シルヴィ・バルタンやジョニー・アリディに始まって、フランソワーズ・アルディからミッシェル・ポルナレフ、そしてセルジュ・ゲンスブールまで彼らの世界にも大きな影響を受けました。

高校生になり、大学受験のために絵の予備校に通ったお茶の水では、別のパリに出合います。古くからアテネ・フランセがあったあの界隈は、戦前から日本のカルチェ・ラタンと呼ばれていたのだそうです。そこで知ったのは、煙草をくゆらせながらシャンソンを口ずさむようなパリ。街ごとがそんな雰囲気でしたから、パリを疑似体験している感じでした。ステキなフランスかぶれのお兄さんお姉さんたちに出会い、彼らを通じてプレヴェールやサガン、ランボーやエリュアールらを知ることになります。翻訳ではありましたが、あそこでプレヴェールらの言葉に出合わなかったら、私の歌は違ったものになっていたかもしれない。そう思います。

そんな少女時代の〝パリかぶれ〟の総仕上げは、レストラン『キャンティ』で過ごした時間だったかもしれません。オーナーの川添浩史・梶子夫妻がつむぐ特別な空間には、パリのみならず、ミラノ、バルセロナ、マドリッド……ヨーロッパの中でも最もクラースなものを、当時の日本で最もよく知る人たちが集っていました。そしてそれらを、まだ子どもだった私に惜しげもなく教えてくれた。パリを始めとしたヨーロッパの匂いは、背伸びしてみなければ味わえない大人の世界にしかないもの。そんなふうに思わせてくれました。

私の世界の一部を作るフランスの芸術

モード、詩、音楽。若い時に出合ったこれらのパリは、確実に私の世界の一部を形づくっています。ただ、一番、強く影響を受けたパリが何かといったら、「印象派」なのです。人や風や光の一瞬の動き、一瞬の想いを閉じ込める創作方法は、私が歌をつくるときのやり方そのものだし、明るく見えるからこそ影がある。私の歌も、必ずどこかに哀愁の要素が潜ませてあります。それが「ユーミン」のミソとも思っているくらい。

パリ時代のショパンにも、印象派に通じるシンパシーを感じます。彼はサロンの貴婦人や令嬢たちにピアノの手ほどきをしていたそうですが、彼女たちのために作ったたくさんのエチュードの甘い切なさ。彼の楽曲には「革命」のように力強いものも少なくありませんが、ショパンらしさと言えばあの哀愁の旋律を想うのではないでしょうか。そしてそれは、もしかしたらパリが彼にもたらしたものだったのでは、と思ったりします。

ショパンがそうであったように、印象派のアーティストの多くはパリの人ではありません。エトランジェたちがパリに触れて作りだした世界。それが印象派だったのではないでしょうか。彼らを惹きつけたパリ。私が思い描くのは、例えばオスマン男爵の都市改造によって造り上げられた美しい街並み。母国語に対する誇りと強いこだわり。そしてサガンを破滅させたような耽溺と悦楽への衝動。この街の輪郭を明確な言葉にすることは難しいですが、ニューヨークが人種の坩堝としてひとつの世界を形づくってきたのとは対照的に、多くのエトランジェたちがひしめいても、排他的という受け入れ方をしても、揺るぎない何か。そんなものが印象派を育んだのかもしれません。

パリは永遠なり、と信じて

なぜ多くの芸術家を惹きつけたのか。それはパリには「想像力」という魔法があるからでは。我が家にあるマティスのドローイングを眺めていたら、そんなふうに思えてきました。折に触れ、私にいろんなことを感じさせてくれたこの絵は、一見、子どもの落書きみたいに描かれた女の人の顔なのですが、しばらく見つめていると、彼女は間違いなくパリの人で、フレームの向こうにはパリの街があり……と、イマジネーションがどこまでも広がっていくのです。とてもラフに描かれた絵ですが、だからこそ2次元の世界を4次元、その先の5次元のようにも感じさせる。それこそ、パリの魔法なのではと思えてくるのでした。

しかし時代の変化は残酷で、ネットなどの拡大により、あれほど強固だったフランス語へのこだわりは薄れ、パリ的なるものは弱まりつつあるように感じます。物理的な暴力とは違いますが、それらの破壊力もすさまじい。それでも私は「パリは永遠なり」と信じることができるのです。なぜなら、この街が生み出してきた芸術家と彼らの作品を通して、私たちはいつでも、いつまでもあのパリに触れることができるから。

とりあえずの締めに、私がパリと聞いて真っ先に思い浮かべる光景を。誰に何と言われようとエッフェル塔です。シャンパン・フラッシュを夜空にまき散らす姿も、マルコム・マクラーレンの名盤『PARIS』のジャケットをモノクロで飾るときでも——トロカデロ広場から見た姿が私は一番好きです——変わらず美しいラ・ダム・ドゥ・フェール。彼女がそびえるパリよ、永遠なれ。

Table des matières

もくじ

Les Parisiennes

第1章
フランス女性について

憧れずにはいられない4人のフランス女性

映画『ラストタンゴ・イン・パリ』の冒頭に出てくるビル＝アケム橋。1980年ごろ、初めてパリを訪れたとき、地下鉄がそこだけ地上に顔を見せるそのあたりに宿をとりました。セーヌ川のほとりにほどよく年季の入ったアパルトマンが並び、エッフェル塔がとてもきれいに見える。想像していたとおりの景色に「うわあ、なんかパリっぽい！」と妙な感動をしたことを覚えています。そして時間を見つけては界隈を徘徊し、ほの暗いカフェに入っては、また「やっぱりパリっぽい！」と悦に入る私。

そこでこんな光景を見かけました。ブロンドの若い青年が、お年を召したマダムの手を握りしめ、耳元で何事か囁いているのです。それは、初めてのパリで私を浮かれさせていた「うわあ、パリっぽい！」の最後の一撃だったかもしれません。まさに映画のようなシーン。それが街のそこここに転がっている。それがパリ。この街に暮らしたことはないし、フランス語が話せるわけでもないのに、フランス女やパリジェンヌに対するイメージがさまざまにわいてくるのは、そのせいのような気がします。そしてこう思わずにはいられなくなる。やっぱり女性はフランス、パリジェンヌ！　と。

ユペールの〝小娘〟感

パリジェンヌな女優で思い浮かんだのは、イザベル・ユペールでした。彼女はフランスのアカデミー賞にあたるセザール賞の主演女優賞に、最多の13回ノミネートされています。インターナショナルな知名度で言えば、カトリーヌ・ドヌーヴやジャンヌ・モローのほうが上でしょう。私自身も、それほどたくさん彼女の作品を見ているわけでありません。記憶にあるのは『8人の女たち』『ピアニスト』『間奏曲はパリで』ぐらいかな。にもかかわらず、フランス女性と言って思い浮かぶのは彼女、ユペールなのです。『8人の女たち』のオールドミスぶりはとても痛快だったし、『ピアニスト』で見せた女性性のこじらせぶりはすさまじかった。一転して『間奏曲はパリで』では倦怠期の夫婦愛をしみじみ味わわせてくれました。ええ、少し泣きました。そしてこんな親しみやすい女性を演じることもできるのだと驚いた。

やはり上手い女優なのでしょう。

でも、彼女をフランス女性の代表のように感じるのは、演技者としての技量のせいではないように思います。たぶん、ほぼビジュアル。あまり大柄ではなく、少年っぽいルックスで、特別美人ではないけれど、おとがい——下あごの先端をツンとあげるようなポーズがとてもよく似合う。そこにフランス女っぽさを感じている気がします。

パリジェンヌの〝ジェンヌ〟の響きに〝娘〟を感じるのです。それにはドヌーヴやモローでは貫禄がありすぎる。ユペールも私と同年代ですから、いい歳に差し掛かっているはずですが、にもかかわらず〝小娘〟感がある。目じりにたくさん小じわが寄った今でも、です。パリジェンヌならば彼女、そう思わせたのはそんな彼女の持つ〝小娘〟感ゆえかもしれません。

©Sipa Press/amanaimages

Isabelle Huppert

イザベル・ユペール(1953-)
1972年に映画デビュー。88年、『主婦マリーがしたこと』でヴェネチア国際映画祭女優賞受賞。代表作に『ピアニスト』など。「『間奏曲はパリで』(2015年公開)のありふれた主婦役も好き」

恩人であり反面教師でもあるサガン

こんなに影響を受けていたのかと、改めて思ったのはフランソワーズ・サガン。

彼女の作品を初めて読んだのは高校生のときでした。『悲しみよこんにちは』『ブラームスはお好き』『冷たい水の中の小さな太陽』……。代表作の多くをこのころに読んだはずなのですが、先だって読み返してみたら……こんな話だったっけという事態。憶えていなかったというより、初めて読むような気持ちになったといったほうがいいかもしれません。しかもあっという間に読破。もちろん、面白いからですが、それと同じくらい、改めて「これ、私じゃん！」と思ったのです。

サガンが『悲しみよこんにちは』を発表したのは18歳。大人たちの人間模様を、早熟な少女の客観的な視点で鋭く描き、読者を惹きつけたわけですが、口幅ったい言い方をすると、そこが「私じゃん」だったのです。

私が大人の世界を知りそめたのは、14歳のころ。自分の嗅覚で「ここは面白いぞ」と探り当てた、飯倉にある「キャンティ」ででした。「キャンティ」はイタリア料理店ですが、オー

©Roger-Viollet/amanaimages

Françoise Sagan

フランソワーズ・サガン（1935-2004）
18歳で発表した『悲しみよ こんにちは』が世界的ベストセラーに。その後、しだいにアルコールと薬物、スピードに溺れるが執筆が途絶えることはなく、最期までペンを握っていた。

ナーの川添浩史・梶子夫妻を慕って最先端の大人たちが集まる〝サロン〟でもありました。アーティスト、ミュージシャン、作家。海外旅行がまだ〝洋行〟だった時代に、ヨーロッパのカルチャーをライブで知る人たちがそこにはたくさんいた。アンダーグラウンドの、少々危ない匂いもしないではなかったけれど、中学生だった私はなぜかとても可愛がられたのです。「これ、観た?」「これ、聞いたほうがいいよ」と、最新、最上質のものが降るように与えられました。

余談になりますが、1974年にリリースした私の2枚目のアルバム『MISSLIM』のジャケットは、梶子さんの自宅で撮影したもの。私が着ている黒のドレスも、梶子さんが用意してくださったイヴ・サンローランのものです。

先だって、同年代の、やはり早くから音楽活動をしていたCharとこんな話になりました。「俺たち、子どもだったからラッキーだったんだよね。もしもうちょっと大人――仮にハイティーン――になってあの世界に飛び込んでいたら、危ない目に遭っていてもおかしくないと思う。いたいけな子どもだったから、大人たちは守ってやろう、育ててやろうってことになったんじゃないかな」

そうだね! と思いました。同時に、それはすでにサガンがいたからだよ! とも思ったのです。大人によって才能を見いだされ、成功に導かれる。パリの大人たちがサガンにしたのと同じことを、この子にしてみよう。パリかぶれ、ヨーロッパかぶれであった当時の大人たちは、そう思ったのではないでしょうか。もし、早熟の少女として先にサガンがいなかったら、私など、簡単に排除されていたかもしれない。そう思うくらいです。

サガンが最初の印税でジャガーを買ったという逸話を真似て、私も最初の印税でロートレックのリトグラフを買いました。梶子さんが所有していた、歌うイヴェット・ギルベールを描いたものです。楽曲をつくるときも、フレンチっぽい歌を書くときは、サガンが書いた小説のように主人公が動き出しました。「セシルの週末」に出てくる少女に『悲しみよ こんにちは』の主人公の名前をつけたのはそのせい。設定も物語も違うけれど、この子につける名前は〝セシル〟。それ以外、ありえませんでした。

早熟な少女が大人の世界で大成功を収めるというカルチャー、環境を作ってくれたという意味で、サガンは私の大恩人です。しかし、同時に反面教師でもあったと思います。スピード、酒、ドラッグ、ギャンブル、浪費。早くに栄光と大金を手にした彼女は、何も考えず、目の前にあった快楽に溺れます。正直、私の中にも、そんな生き方への憧れはあるし、似た嗜好があることも自覚しています。けれど、行くところまで行ってしまったら帰ってこられない。破滅したら、表現もそこで終わり。私は思いきり遠くまで行って、けれど、絶対に帰ってくる。そしてまた力を蓄え、次はもっと遠くへ行く。栄光と快楽の果ての破滅――。なんて甘やかな誘惑でしょう。けれど、私は決してそこへは行くまい。サガンが知らずに終わった70代、80代……になったときの気持ちと情景を表現してやる！　そう心を決めさせたのも、彼女だった気がします。

歌い、愛し、戦ったピアフ

サガンに負けず劣らずドラマティックな人生を送ったのが、エディット・ピアフです。彼女も生涯、モルヒネやアルコール、借財と縁が切れることがなかったし、恋愛事情も波乱万丈。でも、ピアフはサガンとは対極にいる人だと思います。だって、彼女は破滅していないから。たくさんの悲劇に見舞われ、生きた時間も長くはなかったけれど、彼女は破滅に魅入られることはなく、むしろ、生きるために戦いつづけた。そういう女性だったように思います。

彼女が生まれたのはベルヴィルという、パリの中でも貧しい地区だったそうです。街角の歌手であった母親は、彼女を産むとすぐに姿を消し、大道芸人の父親は自分の母親のもとに彼女を預けます。その祖母が営んでいたのが娼館。彼女は街の女たちに囲まれて育ったわけです。そういう生い立ちだったからなのか。〝エディット〟という名前がドイツ軍に処刑され、レジスタンスの象徴となっていた看護師からとったものだったからなのか。もしくはその両方だったのか。とにかく彼女は筋金入りのレジスタンス運動家でした。

彼女の代表曲のひとつ、「ラ・ヴィ・アン・ローズ」。これは愛し、愛された日々を「バラ色」と讃えた恋の歌ですが、つくられたのは1944年、ドイツ占領下時代でした。彼女が生まれる前年に第一次世界大戦がはじまり、歌手としての栄光を手に入れたころ、フランスはナチス・ドイツと戦っていた。彼女が生きた時代の多くには、パリ、そしてヨーロッパは戦争をしていたのです。だからでしょう。ジャック・プレヴェールの詩がそうであるように、あの時代の表現には、恋の歌の背後にも強いメッセージが感じられるのです。この歌も、灯火管制の闇が広がっていたから、「バラ色の人生」が真にひかり輝いている、という引いた図が見えてきます。訴えるべきことがあるからカウンターに届き、時代を超える。

また余談です。ピアフの歌にいつ出合ったのか。はっきりした記憶はないのですが、かつて在籍していたレコード会社のディレクターが越路吹雪さんの最後の担当者でした。そんなご縁で、ピアフの歌を数多く歌った越路吹雪さんの話を伺うことが多かったし、「愛の讃歌」などの訳詞をされた岩谷時子さんとは、いっしょに曲をつくったこともありました。お二人ともパリが大好きで、とてもおしゃれさんだった。お二人が手掛けた日本語版ピアフは、意訳はなはだしいと言われることもありますが、私は素晴らしい日本語になさったと思いま

©ZUMAPRESS.com/amanaimages

Édith Piaf

エディット・ピアフ（1915-1963）
フランスのシャンソン歌手。パリの貧しい地区で育ち、幼子は病死、恋人は事故死、自身も大怪我と数々の波乱に見舞われるが、フランスの魂を歌い続け、レジスタンス運動にも貢献。国民的象徴に。

す。日本語で歌うピアフはあれでいい。そう思います。

ココ・シャネルのタフネスに拍手

ファッション業界で最も成功した女性であるココ・シャネル。彼女も戦争に人生を左右された人でした。カンボン通りの帽子店からスタートしたキャリアは、第二次世界大戦中に、4000人の従業員を抱える大企業にまで成長します。ところが、労使問題に加え、ナチスとの関係を疑われてスイスへ亡命。71歳のときに大復活を果たしますが、実に20年近くのブランクを経てのことでした。ジャンルを問わず、これほど長い空白の後によみがえったクリエイターを、私はほかに知りません。普通なら枯渇してしまうと思うのです。けれど彼女は復活後にあのシャネル・スーツを発表しているのです。それまで下着にしか使われていなかったジャージー素材をクチュールに取り入れ、チェーン・バッグで女性の持ち物に初めて〝ショルダー〟という発想を取りいれたのも彼女。物がないのなら、女性が動きづらいのなら、こうすればいいじゃない。そんな誰もやっていないことにためらわず手をつける大胆さ。

けれどその源は、ウェストミンスター公をはじめとする、ハイクラスな恋人たちとの暮らしの中で知り得たことがヒントになっています。有名なバイカラーの靴は、恋人たちとの船上ヴァカンスで知ったデッキシューズが元になったのだそうです。恋もビジネスの肥しにするたくましさ。私ならちょっと照れてしまうにちがいないと思うのですが、そんなことを微塵も感じないたくましさが彼女にはあったのだと思います。

きっと敵も多かったでしょう。それをものともしないエネルギーがあって、だから私はお友達にはなれない気がするのです。でも、そのたくましさに、唖然としながらも拍手を送ってしまうのではないかな。こういった強さも、パリジェンヌの一面でしょう。ただ、サガンやピアフほどのシンパシーを感じないのは、ファッションがビジネスだからかもしれません。音楽家は、どんな悪人であったとしても、どろどろのエロだったとしても、イノセントな部分が必要です。それがないと書けないし、歌えない。

もうひとつ余談。シャネルのチェーン・ショルダーはいいですよね。私もかなりの数をもっています。カメリアのブローチもけっこう好き。服は、L.A.のヴィンテージショップで買ったサンゴ色の革のコートと、カンボン通りの本店で買った黒のニットワンピースだけ。でも、それだけでも、彼女のデザインがいかに女性を解放するものであったかを知るには、十分でした。

Gabrielle Chanel

ガブリエル・シャネル(1883-1971)
帽子デザインを皮切りに、将校、青年実業家、公爵と、その時々の恋人の支援を得てカンボン通りにメゾンを持つまでに。戦後、亡命を余儀なくされるが71歳で復活。その後、シャネルのスーツが誕生。

この4人とは、それぞれちょっとした縁があります。ユペールとは1歳違い。サガンがデビューし、シャネルが復活した1954年は私が生まれた年です。そしてピアフの歌を多く歌った越路吹雪さんの最後のディレクターが私のディレクターでもあった。そういえば、アメリカのレコーディング・エンジニアに、ピアフと声が似ていると言われたことがありました。そう、ささやかな私の自慢。

彼女たちはフランス人女性としては小柄です。でも、小さな身体からとんでもない存在感を放っていたし、何より革新者だったと思うのです。近年、パリのカルチャーへのあこがれが表面的になってないかなと感じることがありますが、少し掘り下げれば〝おしゃれっぽさ〟の内側に、強烈なエネルギーが封じ込められていることに気が付くはずです。パリの女たちに憧れずにいられないのは、そのエネルギーのせい。私はそう思っています。

Les entretiens

第2章
気になるカルチャーについて、あの人とおしゃべり

オランジュリー美術館でモネに泣き、
『ジヴェルニーの食卓』を読んで号泣。
泣きやすいんです、わたし。

松任谷由実×原田マハ（作家）

本当にやりたいことは？　と悩んでいたとき、
「春よ、来い」が流れ、タンチョウヅルが飛び立った。
進め！　ということだなと決意したんです。

原田マハ（以下、原田）　ユーミンさんが印象派を好きだとうかがって、とても嬉しくなったのですが。

松任谷由実（以下、松任谷）　そうなんです。なので、原田さんの『ジヴェルニーの食卓』も、ツアー先の倉敷市内の本屋さんで見つけたとき、〝ジヴェルニー〟とあるからにはきっとモネのことが書かれているのだろうと思って手に取ったんです。

原田　大正解（笑）。

松任谷　モネ、マティス、ドガ、セザンヌについての4つの短編が書かれていましたが、私は特にモネの章に惹きつけられて。もうね、嗚咽したんですよ。

原田　本当に？

松任谷　ええ、大号泣。それですぐに『楽園のカンヴァス』も読みました。こちらはルソーの『夢』にまつわる話がミステリー仕立てで書かれていましたが、特に心臓を鷲づかみにされたのが、ピカソがルソーのモデルになった女性に言った言葉でした。彼女はルソーがモデルになってくれと懇願してもなかなかうんと言わない。そこでピカソがこう言うんですよね。「あの人の女神になってやれよ。それであんたは永遠を生きればいい」って。この「永遠を生きる」という言葉に強く引き込まれたんです。

原田　そこに注目していただけたのはとてもうれしいです。私は芸術作品は時空を超えるものだと思っているんです。たとえば今、ルソーの『夢』を前にしたとして、それが描かれてからの100年という時間や、パリと日本との距離を飛びこえて、作家が描こうとしたものと対峙できるわけですよね。アートに込められた永遠性。それをテーマにしたかったんです。

松任谷 そうでしたか。で、ピカソの言葉は本当に彼が言ったものなのですか。

原田 いえ、わかりません。言ったかもしれないし、かすりもしてないかもしれない。基本的にはフィクションですから。ただ、史実をベースにしてフィクションを書くときは、フレームの部分は変えないことにしています。例えばルソーが何年に生まれ、いつパリに出てきたかといった記録として残っていることは絶対にいじらない。ただ、ピカソとルソーがどう出会ったか、どのような会話をしたかは残っていないので、そこでフィクションをつくっていけるんです。

松任谷 やはりそうでしたか。原田さんがアートを題材に書かれた小説は、フィクションとノンフィクションが入り交じっている気がして、そこがとても面白いと思ったんです。

原田 ありがとうございます。そういう仕掛けをすることで、ユーミンさんが疑問に思ってくださったみたいに、もしかしたらピカソが本当にこう言ったの？　みたいな曖味な世界に読む人を引き込める。そこが面白いんじゃないかなと感じています。『ジヴェルニーの食卓』では、画家本人ではなく、彼らの近くにいた女性たちに彼らのことを語らせていますよね。それによって画家それぞれのキャラクターがさらにリアリティをもって浮かび上がってくる感じがしました。モネとか、きっとああいう人だったにちがいないという感じがしましたもの。

原田　あそこに登場する女性たちは、私の化身というつもりです。巨匠に憧れ、リスペクトし、後世に伝えたいという熱い思いを抱いた人たち、ということになると思います。

松任谷　本当に2冊とも面白くて、しかも印象派を題材にした画家の物語だったので、印象派についてお話しするのならぜひ原田さんと、と思ったんです。キュレーターとしても活躍していらしたとうかがってもいたし。

原田　ありがとうございます。10代のころからユーミンさんの歌を聞いてきましたが、特に人生のハードタイムでは、助けていただいたとすら思っているんです。美術の仕事を続けるべきか、小説にシフトしようかと迷ったときも——実は急に1か月会社を休んで釧路へ旅に出てしまったんですが——持っていったのはユーミンさんのベストアルバムでした。クルマの中でずっとそれを聞き続けて、本当に自分がやりたいことは……と考え続けていたとき、「春よ、来い」のは〜る〜よ〜というサビのところが流れたんですが、それに合わせるみたいにして、タンチョウヅルが「くわあ」と啼いて飛び立ったんですよ。ああ、進め！　ということなのだなと決意した……というくらいのユーミン・ファンであることを白状しておきます（笑）。

松任谷　それはそれは（笑）。いつも言うことなんですが、発表したあとは、曲は受け手のものです。聞いてくださる方の数だけストーリーができる。「春よ、来い」も原田さんのもとで立派に育ったということなのだと思いますよ。

〈西洋美術に、チューブ絵の具がもたらした革命〉

松任谷　話を印象派に戻して。そもそも原田さんはアートとどのようにして出合ったのですか。

原田　父が美術全集のセールスをやっていたんです。それで家に在庫がたくさんありまして、それをめくったのが始まりということになると思います。最初の記憶は3歳ですね。ファースト・アートは『モナ・リザ』でした。上手い絵だなあと思いました。

ユーミンさんはどのようにアートと出合われたのですか？　美大生でいらしたけれ

ど。

松任谷 私が最初に出合ったアートは、西洋美術ではなかったかもしれないですね。母が綺麗なものが好きで、小さいころから歌舞伎や宝塚に連れていかれたり、家具もシノワズリが好きだったり、ということがまずあったと思います。工芸やエンタメの影響のほうが最初は強かったかもしれません。でも、自宅には世界美術全集もあったし、複製画が飾ってあったりもしました。印象的だったのはルオーの『道化師』かな。

原田 私はこの歳になってルオーの良さがようやく分かってきた感じがしてるのですが、10代で目をつけるとは、さすがです。

松任谷 幼稚園と、中学、高校がキリスト教系の学校だったので、聖書の授業がありました。そうすると、自ずとたくさんの宗教画に触れるのですよね。今になってみると、それが美術を見る基礎になったのかなとは思います。ありがたい環境でした。印象派についてはいかがですか。原田さんの作品で、アートを取り上げたものには印象派の画家が出てくることが多いように思いますが。

原田 特に印象派が好きだと意識してきたわけではないんですが、気が付くと、という感じでした。印象派を意識するようになったのは、仕事をしはじめ、世界の美術館をめぐるようになってからです。ロンドンのナショナル・ギャラリーやニューヨークのメトロポリタンなどの大きな美術館へ行くと、まず時代順に作品を見ていきますよね。そうすると、キリスト教美術、レンブラント、ルーベンス……とどっしりとしたものがつづくことになる。その重厚さにやや食傷気味になって、疲れるなあと思っていたところで、急にギャラリーがパッと明るくなるんです。それが印象派なんです。彼らの作品を前にすると、なぜこんなに気持ちが明るくなるのだろうと気にするようになった。印象派を強く意識するようになったのは、それが始まりでした。

松任谷 印象派の作品は確かに明るいですよね。ひとつには、チューブ絵の具が発明されたからということもあったそうですが。

原田 画材が持ち運べるものになったので、アトリエの外でも描けるようになった。自然の光の下で描くようになって、画家は見ているものをそのまま描けるようになったんです。

松任谷 とにかく明るいですよね。その分、影も濃くなる。そこが切なくて、私は好きなんですが。

原田 見ているものがそのまま描かれているので、21世紀に生きている私たちでもほぼ

100パーセント、彼らの作品を理解できるんですね。楽しそうに踊っている人々を描いた絵を見れば、自分たちもそんな気分になれる。画家の気持ちと同化できるんです。キリスト教美術ではそうはいきません。それは印象派の画家たちが生きた時代と現在が地続きだからだということも大きく影響していると思います。私たちは今、都市文化を謳歌していますが、それが花開いたのが19世紀半ばのパリでした。最初は鬼っ子扱いされていた印象派でしたが、薄暗いアトリエから飛び出し、画家たちが、自分たちが見ているものをそのまま描こうと、初めて意識した時代でした。

〈それぞれの印象派との出合い〉

松任谷　私は、印象派の時代というと日本の幕末維新がダブるんです。時代が重なっているだけなのかもしれませんが、印象派にはすごく幕末感があるように思います。坂本龍馬好きと感性が一致しているような。

原田　印象派も西洋美術に革命を起こしたわけで、両者とも風雲児ではありますよね。ユーミンさんと印象派の出合いはどういうきっかけだったのですか？

松任谷　最初の最初は、銀行が配るカレンダーに載っている絵、という認識でした。昔はそうだったでしょう。ルノワールやモネの絵がそこらじゅうにありましたよね。

原田 ありました、ありました。

松任谷 今のような気持ちで意識するようになったのは、プロとして楽曲をつくるようになってからです。私がデビューしたのは、日本語でポップスをつくる黎明期でした。テーマや表現をどうやって音楽に乗せていくかも手探りだったんですね。そんななか、私が感じたのは、作詞は絵を描くことと一緒だなということだったんです。中でも印象派。ドガの『エトワール』ではないけれど、一瞬の動きや一瞬の感情を封じ込めるということではと考えました。

原田 それはまさに、私が松任谷さんの楽曲と印象派の作品に共通して感じてきたことです。それ以前のアーティストは、作りこまれた画面を描くことしかできなかったのですが、印象派の画家たちは、自分の目に映ったひと場面をカットアウトして作品にしました。松任谷さんの楽曲も、情景を切り取ることでドラマを感じさせる。初めて松任谷さんの曲を聴いたとき、なんでこんなことができるのだろうと驚いたのです。

松任谷 ひとたび受け入れられると、次から当たり前に受け入れられるようになるんですよね。何をつくっても受ける、みたいな。絵画はどうですか？

原田　印象派がまさにそうだったと思います。何をやっても受ければ、作り手側としてはラクになるんでしょうか？

松任谷　逆ですよね。徐々にきつくなっていきます。原田さんもお書きになっていたけれど、どんなアーティストにもプライム・ピリオドはあって、私にもあったと思うんです。何をやっても、どんな曲をつくっても、小躍りしたくなるようなところにミートする。そういうゾーンに必ず入れる時期がありましたが、それを過ぎたという自覚もあるんです。それでも性《さが》だからつくり続ける。もちろん、苦しくて、そういうとき、答えはアートにあるぞと思い出すことにしています。例えば、マティスがルノワールを訪ねていったら、筆を手に括り付けて描いていたという逸話がありますが、どういう状態になっても描きつづける。そこを過ぎたという自覚がありつつも、プライム・ピリオドの時と同じところまで行くものを必ずつくるんだという姿勢。それ自体が作品になるのではないかと思います。

〈カイユボットから受けた衝撃〉

松任谷　原田さんにいくつか印象派の画家を挙げていただいたのですが、その中で私が、あ！　と思ったのはカイユボットでした。印象派の展覧会ではたびたび目にしてはいるんですが、あまり意識してなかったんです。でも、今回改めて見て、すごいと思いました。動いている。映画みたいですよね。

原田　そうなんです。私が衝撃を受けたのは、15、16年前にパリで行われた回顧展のときだったのですが、すべてが動画に見えるんです。恐ろしいくらい動いている。彼は19世紀の人ですから、映画以前。でも、その誕生を予見していたのではと感じさせる感性の持ち主です。むしろ動画に見えすぎたことが、彼の評価を上げることを邪魔したかなと感じるくらい。

松任谷　動画っぽさに加え、私は顔の表情を見せないところが作詞に通じるかなと感じました。具体的に人物が見えてしまうと感情移入しづらいですからね。

原田　彼は資産家の息子で、アーティスト仲間を経済的に支援していたという点でも重要だと思います。セザンヌやロートレックも資産家の息子ですが、経済的援助を絶ち、厳しい状況に自分を追い込んで創作していました。が、カイユボットは恵まれた境遇を仲間のために活用した。動画的作風とともに、エポックメイキングなアーティストだと思います。他のアーティストだと、やはりモネですか？

松任谷　そうですね。『睡蓮』には圧倒されます。

原田　ジヴェルニーにいらしたことは？

松任谷　まだなんです。オランジュリー美術館と直島の地中美術館では見ましたが。

原田　直島のも素晴らしいですよね。あそこはぞっとするような空間でした。

松任谷　わかります。私は号泣してしまいましたから。泣きやすいんです（笑）。オランジュリーも直島も撮影でうかがったので、他の観覧者はいなくて、独り占め状態だったこともあったと思いますが、とにかくすごかった。カイユボットのそれとは違いますが、睡蓮が水の上で揺れている中に入りこんで行くような感覚がありました。

原田　そこが印象派の素晴らしいところだと思います。その作品の世界へ入りこんでしまえるような臨場感。モネは風景画が多いので、描かれている場所へ連れていかれるような感覚になりますよね。

松任谷　そうなんです。ただ、原田さんが挙げてくださった、モネがカミーユ夫人を描いた作品にも惹かれました。『散歩、日傘をさす女性』はライティングや風の質感が感じられて、ある種、ルノワールの質感にも近い感じがあると思うんですが、『死の床のカミーユ・モネ』は、それとは別の世界。芥川龍之介の『地獄変』を思い出させるような、アーティストの残忍性が感じられて、ぞっとしました。創作に入りこんだときの、アーティストの狂気を突きつけられるようで。

原田 愛する妻の死を前にしても、描かずにいられない、アーティストの強い衝動のようなものなのでしょうか。

松任谷 『睡蓮』からくるモネのイメージとはかけ離れているので、なおさらドキッとしたのかもしれません。

原田 モネはカミーユを喪った悲しみから、狂気に取りつかれ、しばらく描くことができなくなってしまったんです。そこから抜け出したのは、氷結したセーヌ川が解け始めるのを見たときだと言われています。何があっても時は刻々と流れ、風景も変わる。それを見たとき、描きつづけなければと気づいたのだと。アーティストにとっては何が創作のきっかけになるかわからない。それこそミステリーだと私は感じています。

松任谷 霊感、インスピレーションと言ってもいいかもしれませんね。それがお金で買えるものなら、いくら払ってもいいと多くのアーティストは思っているのではないでしょうか。きっと私はいくらでも払うと思う(笑)。いつ降りてくるかわからないものだから。

原田 そういうとき、ユーミンさんはどうするんですか?

松任谷　やみくもにうろついたりしますね。気持ち的に、ということですが。

原田　私が印象派の画家たちがすごいと思うのは、貧困にあえぎ、世間の逆風に抗っていながら、その戦いを作品には一ミリも出さないところなんです。どれだけ苦しんだかは描かないと決めて戦った結果が、作品になっているのではないかと。それは松任谷さんの作品にも感じることなんですが。

松任谷　商業音楽と純粋音楽の違いはあるかもしれません。それでも、作品によって永遠を生きられるかもしれない。そう願ってはいます。自分がいなくなった遠い先に、詠み人知らずの歌になるような曲をつくりたい。その気持ちは、今、聞いてくださる方のなかにも受け取ってくれている人はいるんじゃないかな。そう願って、つくり続けているのだと思います。

Maha Harada

1962年東京都生まれ。キュレーターとして活躍した後、2005年『カフーを待ちわびて』(宝島社)で作家デビュー。30ページで原田さんが着用しているのは知己のブランド「ÉCOLE DE CURIOSITÉS」のドレス「Giverny(ジヴェルニー)」。モネの睡蓮の池をモチーフに制作してもらったもの。

香りは守り神のようなもの。
ツアー中は同じ香りを身に付け、
終了とともに香りも変えます。

松任谷由実
×
エリザベット・ドゥ・フェドー
（香りのエキスパート、歴史家）

ユーミンさんなら「MITSOUKO」も似合います。
ニジンスキーをはじめ芸術家が愛用し、
クリエイティビティに直結する香りだと思います。

松任谷由実（以下、松任谷）　エリザベットさんは、歴史家であるのと同時に、香りの専門家でもあるとうかがい、お話しするのをとても楽しみにしていました。歴史学では、特に香りに関することを研究していらして、マリー・アントワネットの香りにまつわることを書かれたり、ヴェルサイユの香水学校では教鞭もとられている。一方で、香水ブランドのコンサルタントもしていらっしゃるんですよね。まさに香りの専門家。これはぜひアドバイスいただこうと、撮影中には、個人的なこともご相談させていただきました。

エリザベット・ドゥ・フェドー（以下、エリザベット）　今、使っている香りのことについてでしたよね。

松任谷　今はゲランの「アクアアレゴリアマンダリンバジリック」を使っているのですが、私に合う香りなのか、ご意見をうかがいたかったのです。

エリザベット　ベリーナイス！　ただ、ゲランを選ばれるのなら「ＭＩＴＳＯＵＫＯ」もいいと思いますよ。

松任谷　私に合いますか？

エリザベット　１００年前にムッシュ・ゲランがクロード・ファレールが書いた『ラ・バタイユ』のヒロインであるミツコの名を冠してつくった香水ですが、この香りを好んだことで有名なのはニジンスキーなど、貴婦人よりむしろ芸術家たちなんです。ロシアのバレエダンサーやオペラ歌手が愛用してきました。それは、これがクリエイティビティに直結する香りだからではないかと私は考えています。

松任谷　どのような香りでしたっけ？

エリザベット　シプレ系で、シアージュ（残り香）がとても素晴らしい。ただ、簡単な香りではありません。誰にでも似合うものではなく、自分の世界を持っている人でなければ合わない香りだと思います。

松任谷　確かに香りは誰がつけるかということと、深くかかわっていますよね。つける人の体臭とブレンドされることで変化するし。

〈音と香り――どちらも記憶を呼びおこす〉

エリザベット　おっしゃる通りです。香りはそれだけで成立するものではなく、つける人の肌とミックスされて初めて完成するものです。ただ、今日、そういったクオリティを持つフレグランスはあまり多くありません。肌になじませるのですから、原料がとても重要なのです。ナチュラルなものがどれだけ配合されているかが鍵なのですが、現在、その割合は下がっているのです。

松任谷　自分に合う香りを見つけることは難しいということかしら。

エリザベット　簡単ではありませんが、大丈夫。時間をかけ、試すことが大切です。まずつけた瞬間、自分がどう感じるかをよく感じとってください。とても気分がよくなることもあれば、合わない香りだと頭が痛くなるといったこともありえます。それから周りの人のリアクションもよく観察してください。自分がピンとくるもので、周りの人たちもいい反応をするものが、あなたの香りの候補ということになると思います。場合によっては、専門家に相談するのも効果的ですが、そのときも、自分が好きなもののことなどについて、数時間は話し合う必要があると思います。とにかく時間をかけることが大切なのです。

松任谷　確かに香りは脳にダイレクトに届くものですよね。それは音にも言えることなのですが、ある香りを嗅ぐと、それにつながった記憶が呼び起こされてくるんです。

エリザベット　先ほど私が言ったピンとくる感じとは、まさにそのことです。この香りはラッキーなことがあったときのもの、これは嫌なことがあったときの匂い、悲しいことがあったときの……といったように、香りは、これまでに経験してきた出来事と、それにまつわる感情も含めた記憶と深く結びついて、その人の内部に蓄積されているのです。匂いによって、その人の人生を表現できる、といってもいいくらいだと思います。

松任谷　私は2、3年に一度、8か月くらいかけてツアーをするのですが、その間は、必ずひとつのオー・ド・トワレをつけることにしています。そしてツアーを終えたらその香りも終わりにして、別の香りにします。でも時間が経っても、その香りを嗅ぐとそれをつけていた時のツアーの世界観がよみがえってきます。

エリザベット　とても興味深いエピソードですね。香りはセカンド・スキンとも呼ばれていて、その人を守ってくれるものでもあると言われています。

松任谷　スピリチュアルな、守り神みたいなところはありますよね。

エリザベット　昔の人は香りを変えませんでしたが、今はどんどん変えるようになりました。それは女性の人生が変化に富むようになったこととリンクしていると思います。ただ、変えるとしても、その香りにまつわる記憶は大切にしてほしいです。

〈ドレスよりも香りを！〉

松任谷　私の香りヒストリーを披露させていただくと、最初はニナリッチの「レールデュタン」でした。中学生の終わりごろのことだったので、重すぎました。とても感動したのはジャン・パトゥの「JOY」。バラからつくられた香水で、ボトルにガラスの棒がついているでしょう。それで手首にちょっとつけるようになっているのですよね。ああ、今、私は香水をつかっている……とうっとりするような気分になった記憶があります。

エリザベット　「レールデュタン」は素晴らしい香りだと思いますが、とてもスパイシーです。重いと感じられたのは、そのせいかもしれませんね。「JOY」はブルガリアン・ローズがふんだんに使われています。しかもバラが最も高価だった時代につくられているんです。ヨーロッパではバラはロマンチシズムや愛される女性を象徴するものでした。が、大恐慌が起き、ジャン・パトゥの顧客たちもひどい状態に陥りました。新しいドレスをつくることができなくなったんです。そんな彼女たちに何かギフトをと考えて彼がつくったのが「JOY」です。何十ダースものバラをつかった究極の香水と言われました。

松任谷　マリリン・モンローの「シャネル№5」ではないけれど、香水をまとうという発想はその頃からあったのですね。

エリザベット　そうですね。ドレスを買えなければ香水をつけて、ということだったのでしょう。

松任谷　でも、私が「№5」をつけることはないかな。なんとなく、合わないんです。

エリザベット　「№5」はローズとジャスミンというオーソドックスな香りが元になっていますが、ひとひねりさせたかったのでしょう。ナチュラルなものを一度壊して、新しいものをつくろうと考えたのだと思います。

松任谷　調香師がココ・シャネルの個性を持ちこもうとしたのかしら。伝統より革新を女性に届けたいというような。

エリザベート　ココが女性をコルセットから解放したのと同じことを、香りでもやろうとしたのだと思います。

〈香りの先駆者、マリー・アントワネット〉

松任谷　エリザベットさんがお書きになった『マリー・アントワネットの調香師』を読ませていただきました。フランス革命前夜に活躍した調香師のジャン・ルイ・ファージョンと、彼の香りを愛したアントワネット妃のことが書かれているんですよね。当時の香りに関する具体的なレシピが載っているのも興味深かったのですが、香水が単なる香る液体ではなく、時代や風俗そのものであるということもよくわかり、とても面白かったです。

エリザベット　ありがとうございます。

松任谷　そもそも、16世紀、17世紀のヨーロッパは、いい匂いとは程遠かったと聞きます。上階から投げ捨てられる汚物を避けるために帽子をかぶり、体臭を隠すために香水を使ったと聞きます。

エリザベット　そうです。貴族は鬘を愛用しましたが、それも匂いを隠すためでした。

松任谷　フランス人であるエリザベットさんに失礼になるかもしれないこの話題を出したのは、香りをはじめとしたさまざまな文化は、トライ&エラーの繰り返しによってつくられてきたのではと思ったからなんです。

エリザベット　まさしくその通りだと思います。その本にも書きましたが、マリー・アントワネットは香水をつけるのをやめた最初の人物なのです。香水で体臭を隠すのではなく、香水を入れたお風呂に入ることにした。他の宮廷人はびっくりしたそうです。それまでの香水カルチャーを壊したのですから。

松任谷　マリー・アントワネットは一種のトレンドセッターだったわけですよね。その彼女がプチトリアノンで暮らすようになり、田園を愛し、オーガニックなものを生活に取り入れるようになった。後半は、イギリス式の沐浴を取り入れていますが、まず身体を清潔にしてから香りをまとうという段階にイギリスは入っていた。ヴェルサイユの住人たちにとってはショッキングなことだったでしょうね。

エリザベット　この時代は政治をはじめ、ファッションや生活スタイルもイギリスのほうが先を行っていました。マリー・アントワネットは、それを真っ先に取り入れたわけです。

松任谷　けれど、そういう時代は革命と共に終わった。

エリザベット　マリー・アントワネットたちの時代は、香りは貴婦人のものでした。かぎられた人しか使うことはなかったのです。それが市民革命や産業革命を経て、広く使われるようになります。先ほど、天然素材の配合率が下がったという話をしましたが、それはこのころに始まっていたと思います。大量生産が必要になったわけですから。

松任谷　時代が変われば、香りも変わらざるを得ないわけですよね。人間じたい、変わってきているわけだし。

エリザベット　まず食べるものが変わりましたよね。体臭は食べるもので変わります。食もかつては国や地域で異なりましたが、今は、世界中が似たようなものを食べています。それによって体臭も似通い、香水も似たようなものが増えてきました。結果的に、その人らしい香りをまといにくくなっていると思います。

松任谷 香水文化が浅い日本人は、そういう状況になってから香水を使い始めたからでしょうか。広告などのイメージを受けすぎている気がします。

エリザベット おっしゃるとおりだと思います。ただ、日本では、肌に直接つける香りのカルチャーは日が浅いですが、食べ物や家、花など、様々な場面で、デリケートでつつましやかな香りを楽しんできました。それは日本人自身のつつましさと深くリンクしていると思います。西洋人のように、アグレッシブなコミュニケーションを好まない。日本のカルチャーの根底にあるのが、尊重や思いやり、おもてなしといったものであるから、香りの面においても、アグレッシブな、直接的なものを好まなかったのではないかと。じつはこの東洋の感覚は、マリー・アントワネットが憧れたものでもあったのです。

松任谷 お風呂を好んだのもそのひとつということなのでしょうね。そもそも欧米人と日本人では、脳の構造から異なるのだそうです。花、と言ったとき、欧米人は花そのもの――花弁があり、花芯がありという即物的な姿を思い浮かべるけれど、日本人は花からインスパイアされる様々なものやことを想像するのです。

エリザベット　興味深いお話ですね。

松任谷　詞を書いているときに特に感じることですが、吹いた数だけ風に匂いはあるし、降った回数だけ雨に匂いはある。そのそれぞれを嗅ぎ分けたくなるんです。例えば、私はモネの絵を見ていると、そこにはないはずの匂いを感じることがあります。泉の匂いや、木々の香りといったような。もしかしたら色と香りを感じる脳の部分が同じなのでしょうか。色、香り、湿度……そういったもののフォーカスがひとつになったときに、脳のひとつのところを刺激する感覚があるのです。そしてその瞬間を覚えていたくて、言葉、詞にしているように思います。

エリザベット　素敵なお話です。そういえば、ゲランの「アプレロンデ」は雨上がりの庭の匂いです。印象派の匂い、と言ってもいいと思います。

〈気分、時間、つける位置で、香りの使い分けを〉

松任谷　今度、試してみます。最後に実践的な質問を。オー・デ・コロン、オー・ド・トワレ、香水の使い分けを教えてください。どういうときに、どのようにつけるのがいいのか。

エリザベット　コロンは濃度が低いですから、香りが持続する時間も長くはありません。自分が気持ちいいと感じるためのものとして、好きな時に好きなだけパッとつけます。リフレッシュのための香りと考えるのがいいと思います。トワレは香りの配合が増えるので、終日使えます。スプレーで脈所に置くのがいいでしょう。エクストレ（香水）は、香りが凝縮されたラグジュアリーなものですから、ソワレに向いています。ガラスの棒がついているはずですから、それで脈所に少しだけつけます。手首、耳の後ろ、膝の裏、胸元。気をつけていただきたいのは、太陽の下に出る時は、肌に直接はつけないこと。化学反応を起こしてしまうことがあるので、晴れた日は髪の毛につけてください。

松任谷　一日のなかで異なる香りを使うのもありですか。

エリザベット　もちろんです。朝、トワレをつけ、夜はエクストレというようなことですよね。私はゲランの古い香りで「ルールブルー」が大好きなのですが、同じ香りで昼はトワレ、夜はエクストレを使っています。

松任谷　「アクア アレゴリア マンダリン バジリック」に合う夜の香りは？

エリザベット　「ＪＯＹ」がいいのではないでしょうか。

松任谷　私事もたくさんうかがってしまいました（笑）。でも、コロン、トワレ、香水のＴ

ＰＯといった基本中の基本は、知っているようで知る機会が少ないと思ったので、これを読んでくださるみなさんにも知ってほしかったのです。ありがとうございました。

エリザベット　香りが、ユーミンさんのクリエイティビティをますますステキなものにしてくれているならいいなと思います。ぜひ、気持ちにぴったりな香りを見つけてください。

Elisabeth de Feydeau
香りのエキスパート、歴史家。香水業界を題材にした論文で博士号を取得し、シャネルなどのアーカイブの発展にも携わる。２０１１年自身の香りのブランド「アーティ フレグランス」を発表。14年に同ブランド初のオードパルファム「レーブ ドゥ ラ レンヌ（王妃の夢）」を発表。http://www.arty-fragrance.com

松任谷由実×野崎歓（フランス文学者）

初めてプレヴェールの詩に触れたころにつくった「ひこうき雲」が、映画『風立ちぬ』の主題歌になりました。

それは面白い！
プレヴェール、ジブリ、ユーミン。
いずれにも、フランス文学のエッセンスが入っているなんて。

野崎歓（以下、野崎）　僕は学生時代、ロック一辺倒だったのですが、そういう人間にとっても、ユーミンの音楽は欠くべからざるものでした。ほかならぬそのユーミンとプレヴェールについて話ができることに感動しているのですが、フランス文学に関わる者としては、ユーミンがフランスの詩について語ってくださることがとてもありがたいんです。フランス文学を希望する学生は減ってしまっていますから。

松任谷由実（以下、松任谷）　少子化の影響ですか。

野崎　それもありますが、ヨーロッパ文化に対する関心自体が低下している気がします。特に若年層にヨーロッパの映画や音楽がアピールしにくい時代になってしまいました。そういう状況の中、あらゆる世代に影響力のあるユーミンが、強い興味を抱いていると表明してくださることが非常に心強いわけです。そもそも、フランスの詩に触れたのは、いつぐらいからなんですか。

松任谷　少女時代、いろんな本を乱読しまくっていたので、まずはその中でフランス文学に出合いました。確かにあのころは、若い世代にフランス文学、フランス文化の影響が今よりずっとあって、なかでも強く影響されていたのが、私よりひと世代上の人たちだったと思います。私はちょっとおませさんだったので、背伸びしてそれをのぞいていたという感じでしょうか。朝吹登水子訳のサガン、堀口大學訳のサン＝テグジュペリ。翻訳物が好きでした。サガンそのもの以上に、朝吹さんが翻訳するサガン小説を好んでいたと言ってもいいかもしれません。

野崎　翻訳物に惹かれたのはなぜだったのですか。

松任谷　ある種の客観性でしょうか。ダイレクトな言葉ではないというところが好きだったように思います。そうするうちに、絵の予備校に行くためにお茶の水に通うようになり、そこでフランスの純粋詩に触れるようになりました。そういえば、後になって知ったことですが、プレヴェールの詩集『ことばたち』を翻訳しているのが高畑勲監督なんですね。私が、最初にプレヴェールの詩に触れたころにつくったデビュー作「ひこうき雲」がジブリ映画の『風立ちぬ』の主題歌に採用されています。『風立ちぬ』の監督は宮崎駿さんなので、直接つながっているわけではないけれど、偶然を感じました。

野崎　それは面白い！　プレヴェール、ジブリ、ユーミン。いずれにもフランス文学のエッセンスが入っているということなのかもしれませんね。お茶の水がプレヴェールとユーミンをつないだのも興味ぶかいです。あの界隈は日本のカルチェ・ラタンと呼ばれていましたものね。

松任谷　ええ。ベレー帽かぶってしまうようなお兄さんお姉さんがたくさんいました。プレヴェールなどのフランス詩を知ったのも、彼らの影響だったと思います。でも、それらが私の創作の源流として大きな影響を与えていたのだと思い出したのは、じつは最近のことなんです。

〈〝言葉〟が直接、脳に届くようなフランス語の響き〉

野崎 ユーミンの楽曲にプレヴェールが影響していたとは嬉しいかぎりです。じつは、『POP CLASSICO』を聴いていて、フランス文化の影響があったのでは？と想像はしていたのですが。

松任谷 このアルバムをつくっているときに、頭の中の奥にあった昔の引き出しが開く感覚があって、あ、いたいた！という感じで出てきたのがフランス詩だったのです。10代の小娘になにがわかったのだろうか、とも思うのですが、当時は確かにつかんだという感覚があったんですよね。フランス詩の中に夢のような何かを。野崎先生とフランス文学の出合いはなんだったのですか？

野崎 僕もユーミンと似た始まりだったかもしれません。少年時代にいろんな本を読み始めたのですが、いろいろ読むうちに、頭のなかで文学のワールドカップみたいなものを開催するようになったのです。谷崎潤一郎や三島由紀夫にぶつけるなら、イギリスならこれだろう、アメリカならこれかなといったように。そうやって読むものを広げていくなかで、尖っていて面白かったのがフランス文学だったのです。

松任谷 尖っているというのは具体的にはどういうことだったのですか。

野崎 これが意外に説明しにくくて。それが当然だと思っているので、いまだに説明できずにいるのです。ひとつ言えるのは、フランスが文学の国という確信を持ったということでしょうか。

松任谷 確かに、フランスは言葉の国ですよね。タクシーに乗っているとドライバーさんが詩をそらんじてくれたりするし、カフェでもすぐに議論が始まる。テーマや意味はどうでもいいのではというくらい、とにかくしゃべっていますよね。言葉にすることが好きなんだなと感じます。

野崎 アメリカ人やドイツ人も議論をするでしょうけれど、フランス人は言葉によって生かされている人間なのだと思います。

松任谷 フランス語に対する誇りも強いし。

野崎 美しい言葉を早くに完成させたという自負があるのでしょう。フランスでは17世紀にルイ王朝が全土を統一した際に、言葉も統一し、文法も完全に決めています。これはヨーロッパで最初のことでした。中身的には、サルトルはハイデガーの焼き直しだとも言われるし、小説も、フランスはアムールの国と言いながら、イギリス文学の『嵐が丘』のような、たたきつけるような情念のロマンは出てきません。

松任谷 言葉そのもの。

野崎 そうなんです。言葉のひとつひとつが磨き上げられているんです。抽象名詞の文化だと僕はとらえていますが、キャッチフレーズやスローガンにとても適している。例えば自由、平等、博愛にしても、リベルテ、エガリテ、フラテルニテときれいに韻も踏んでいます。

松任谷 日本語に訳されていてもそれは感じます。フランス語は言葉が脳のどこかに直接届くような感覚があるのです。私はフレンチポップスではミッシェル・ポルナレフやフランソワーズ・アルディをよく聞いたのですが、特にフランソワーズ・アルディの楽曲でそれを感じました。言葉が映像で届く感じと言えばいいでしょうか。彼女の「蟹と金魚のお話」という曲は、金魚鉢に蟹を入れるというだけの詩なのですが、すごくよくわかるんです。メタファーになっているのだろうけれど、それを解かずとも、ダイレクトに届くものがあるように感じます。

〈プレヴェールの詩から浮かぶ、映像と匂いは音楽的でもあるという感覚〉

野崎　プレヴェールの場合はいかがですか。

松任谷　彼の詩も映像的ですよね。加えて、街感がすごくあると思います。パリの匂いがするんです。もう少し前の時代の詩人だと、イデオロギー的であったりして、馴染みづらい部分があるのですが、プレヴェールの場合は、簡潔明快で、やさしく、音楽的。パリそのものでは、と思うくらいです。

野崎　彼自身がパリジャンを絵に描いたような人でしたからね。くわえ煙草で歩いている姿などは、完璧にパリだなという気がします。彼の言葉をやさしいとおっしゃいましたが、確かにそうなんです。わかりやすいんです。ただ、そのせいで軽んじられがちでもあるんです。

松任谷　おしゃれだからでしょうか。

野崎　フランス文学には理屈っぽいところがありますからね。まず理屈を立てて、というところがあります。プレヴェールもシュルレアリスムに関わったこともありましたが、基本的には集団で何かするのは嫌いでした。理論的な、難しいことは書かず、喚起力のある短い言葉を使う。簡潔にエモーショナルなことを表現できると自負するフランス語の良さがすべて入っているのですけれどね。

松任谷　でも無神論者だったのでしょう。作品によっては強烈な毒を感じさせることもあるし。

野崎　そうなんです。けれど、それを振りかざすのは嫌いだったのでしょう。そもそも彼の無神論は現世の肯定なんですよね。来世にこそ幸福があるとするカトリックの教えとは正反対の、この世は幸せなのだというフィロゾフィーです。

〈プレヴェールの「夜のパリ」と、ユーミンの「シャンソン」の関係〉

野崎　ユーミンが最初に触れたプレヴェールはどの作品ですか?

松任谷　「夜のパリ」です。

夜のパリ

三本のマッチ　一本ずつ擦る　夜のなかで
はじめのはきみの顔を隈なく見るため

つぎのはきみの目をみるため
最後のはきみのくちびるを見るため
残りのくらやみは今のすべてを想い出すため
きみを抱きしめながら。

（プレヴェール詩集　小笠原豊樹訳／マガジンハウス）

松任谷　ベタすぎますか？

野崎　いや、ブラボー！　と言うしかない詩ですよね。一行、一行が新たなイメージを見せてくれる珠玉の詩だと思います。プレヴェールは映画の名脚本家でもありますが、まさに映画のワンシーンのような詩です。

松任谷　私は幼い頃に親しんだ、小唄端唄の世界に通じるものを感じました。

野崎　確かに粋ですよね。暗闇のなかのマッチの灯りで愛する女性の顔を限なく見ていく。とても美しい一瞬を描いていますが、同時に、これはレジスタンスの詩でもあるかもしれません。

松任谷　私も、これが書かれたのがナチスがパリを占領していたころだったと知り、それを感じました。閉ざされた空間で、でもそこに無限の愛の炎を見る。暗闇だから炎がまばゆい。虐げられた時代だからこそ愛や希望が見える……という感じの曲をつくりたいと思っていた時に、先ほど言った引き出しから出てきたのが、この「夜のパリ」だったのです。

野崎 それでつくられたのはどの曲ですか？

松任谷 「シャンソン」です。藍色の闇と金色の炎を思い浮かべて、この補色関係、どこかで見たことがあるぞ……と記憶をたどっていって、あ、「夜のパリ」だと思い出したんです。

野崎 個人的なことで恐縮ですが、『POP CLASSICO』の中でも特に好きなのが「シャンソン」なんですよ。そこにプレヴェールとの縁があったとは……。改めて感動してしまいました。

松任谷 でも小唄端唄的なものだけでなく、先ほども言ったように、毒がぎっしり詰まっている作品があるのもプレヴェールですよね。先生は「血だらけの歌」が好きだとうかがいましたが、あれは大地を女性として描いているのだと思いますが、本当に血だらけで。

野崎 恐怖すら感じますよね。世界中が赤い血にひたされていく光景が描かれているわけですから。ナチスドイツが勢いを増してきたころに書かれた詩です。

松任谷　確かに怖いんだけれど、毒や暗さがなかったら魅力的に感じなかったかも。

野崎　そうなんですよね。世界の不正に反抗する人、レジスタンスの人だから「夜のパリ」もありえたのだし、多くの人の心に響いたのだと思います。

〈万葉集に吟遊詩人、愛の歌が詩の最初の形だった〉

野崎　プレヴェールが世に出たのは、詩人としてではなく、映画の脚本が先でした。有名な『天井桟敷の人々』など、たくさん書いています。同時に「枯葉」をはじめとして、シャンソンのための作詞もたくさんしています。詩集を出したのは、そののち。周囲に強く望まれたからでした。

松任谷　「夜のパリ」も歌になっていますよね。ジョゼフ・コズマが曲をつけて。

野崎　ええ。彼は詩を学究的に読まれるより、歌ってもらいたいと思っていたのではないでしょうか。つまり、彼にもシンガーソングライターのような側面があったのではと思うのです。

松任谷　現代の吟遊詩人？

野崎　その話をしようと思っていたところです。そもそもヨーロッパで男女の愛が文学のテーマになったのは12世紀のトゥルバドゥール、吟遊詩人からと言われています。日本人である我々からしたら、万葉集には恋の歌がいっぱいある。こっちのほうが早いぞ、みたいな気持ちにもなりますが（笑）。とにかく歌が詩の最初の形だった。つまりプレヴェールは吟遊詩人の末裔的ソングライターであるのかもしれないし、その流れがユーミンにつながっているのかもしれないですね。

松任谷　確かに曲に乗せるための詞だからこそ、フォルムができているようなところはあります。野原に好きに家を建てなさいと言われるより、道があり、山があり、こっちには川が流れている。そういった地形を利用することを考えるからこそ、その場所にふさわしい家の形が決まってくるような感じ。プレヴェールのように韻を踏むことにしても、本来の日本語ではできないことなのだけれど、なんとかそう聞こえるように格闘します。ゲームみたいなものかもしれませんが、ハマればとても快感です。

野崎　それは少女時代に読んだポエジーが源流としてあってこそでしょうか。

松任谷　詩に限らずですが、源流を見た、聞いたことはとても大きいと思います。孫引きみたいなことでは決して得られないものが、オリジナルにはありますから。

野崎　ユーミンはプレヴェールの詩を曲にしようと思われたりはしませんか。

松任谷　和訳されたものでは難しいかな。私がフランス語ができれば、もしかしたらとは思いますが、ただ、フランス語が操れる私だったら日本でシンガーソングライターになっていなかっただろうなとも思います。

野崎　ユーミンがフランス語に深入りしなかったことに、僕らは感謝しなければならないですね。

Kan Nozaki

1959年生まれ。東京大学文学部教授。フランス文学研究のほか、映画・文芸評論、エッセイも。主な著書に『異邦の香り』（講談社）『フランス小説の扉』（白水社）『フランス文学と愛』（講談社）『翻訳教育』（河出書房新社）。訳書に『ちいさな王子』（サン＝テグジュペリ）『地図と領土』（ミシェル・ウエルベック）など。

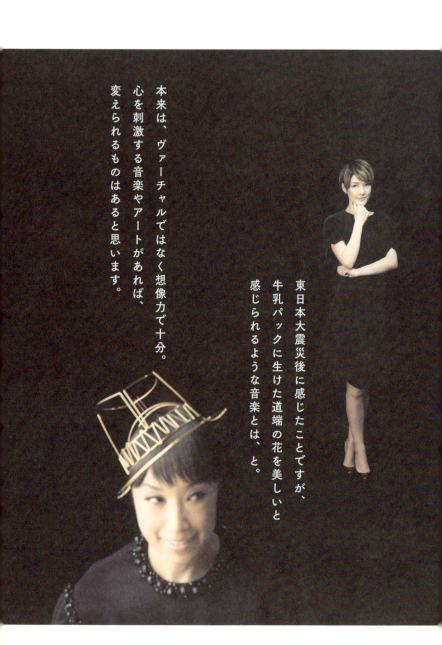

東日本大震災後に感じたことですが、
牛乳パックに生けた道端の花を美しいと
感じられるような音楽とは、と。

本来は、ヴァーチャルではなく想像力で十分。
心を刺激する音楽やアートがあれば、
変えられるものはあると思います。

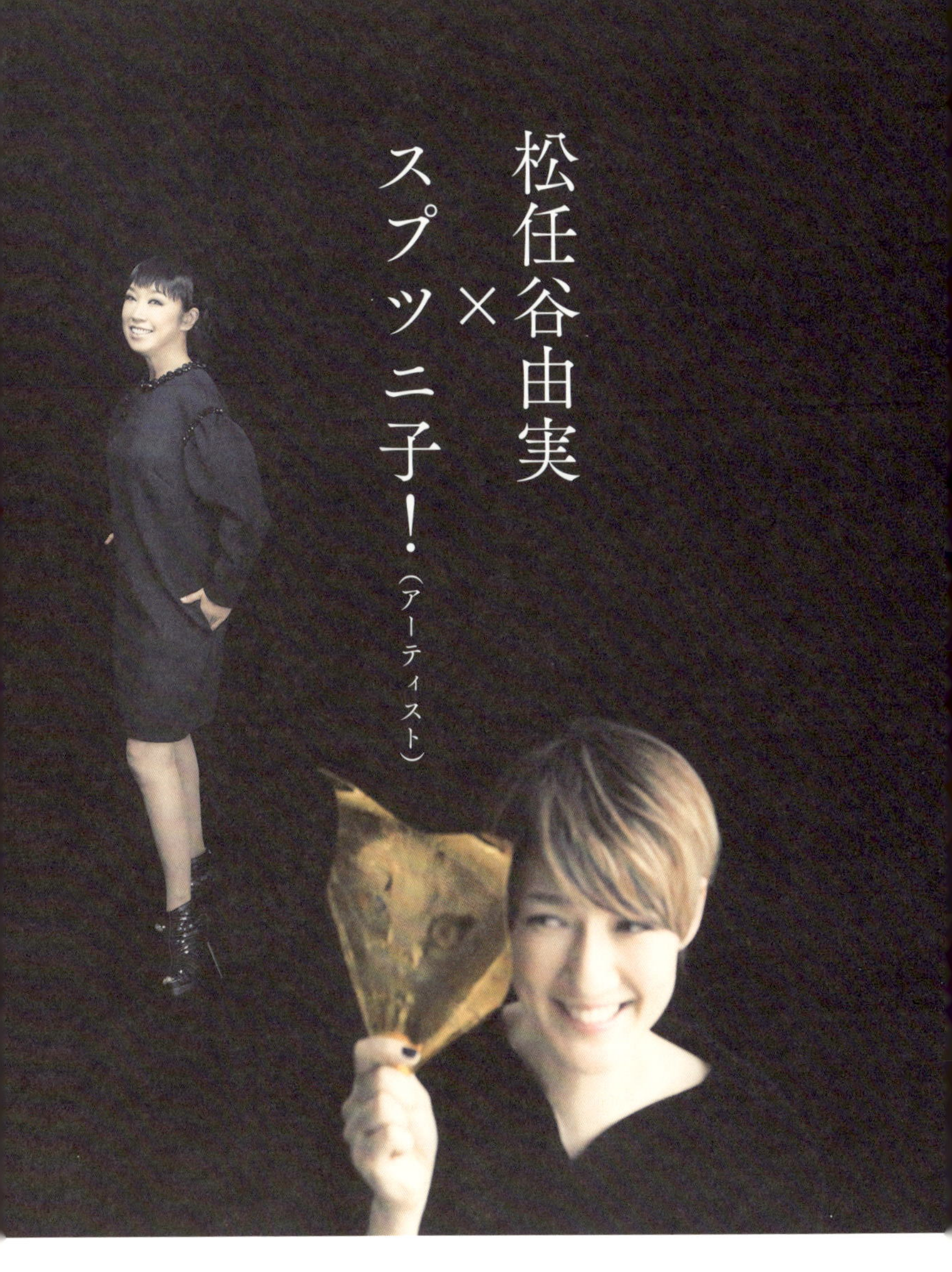

松任谷由実 × スプツニ子!（アーティスト）

松任谷由実（以下、松任谷）　スプツニ子！さんのいろんな作品をＹｏｕＴｕｂｅで拝見しました。未来のテクノロジーを想定したものがたくさんあって面白かったのだけれど、まず名前のインパクトがすごいですね。

スプツニ子！　高校時代のあだ名がスプートニクだったんです。背が高くて、色白でロシア人っぽい。しかも理系が好きだったので、じゃあ、今日からスプートニクだねということになったんです。ライブ活動をするときにそれをステージネームにすることにしたのですが、日本の女の子は「子」ってつきがちなので、スプツニ子。びっくりマークは何も考えずに気合でつけてしまいました。

松任谷　スプートニクというのはいいですよ。耳にしたとき、独特のイメージがあります。まだベルリンの壁があった時代の、ミステリアスなロシアのイメージがあるもの。それに絶対に他の人とかぶらないでしょう。そこもいいと思う。

スプツニ子！　嬉しいです。ただ、この名前にしたころは、アーティスト活動や大学で教えるようなことになるとは考えていなかったんです。まさか経済産業省とかで話をすることになるとは、でした。大臣に名前を呼ばれるのであれば、もう少しまともな名前を考えたのに（笑）。

松任谷　確かに大臣が「スプツニ子！さん」と呼んでいる図を想像すると、けっこうシュール（笑）。でもそういったことに加え、このルックス、そして輝かしいバイオグラフィーは、メディアを通すととても威圧感がありますよ。ご両親が数学者で、ご自身もロンドン大学で数学を学び、ロイヤル・カレッジ・オブ・アートの修士課程修了でしょう。そして今ではMIT（マサチューセッツ工科大学）のメディアラボの助教で研究室も持っていらっしゃる。迫力あります。

スプツニ子！ たぶん、顔がエラそうだから？（笑）自分でも写真を見ると、エラそうな顔をしているなと思いますもの。

松任谷 でもね、そういうキャリアでありながら、日本語がとてもきちんとしていらっしゃるでしょう。日本語が美しいと、インテリジェンスが感じられるし、信用できるんですよね。パンクな活動をやっていても、意味があるのだなと思えるし、説得力が出てくると思うんです。

スプツニ子！ ありがとうございます。小学校は普通に日本の学校だったことも大きいかもしれません。でも読み書きはちょっと怪しいです。

松任谷 日本人は今、みんなそうですよ。

松任谷 スプツニ子！さんにぜひうかがいたかったのは、未来のファッションについてなのです。私の疑問やなんとなく抱いているイメージを、占い師のように解析してくださるのではと、楽しみにしてきました。たとえば、2050年ごろには地球全体が深刻な食糧危機になるという予測がありますよね。それを乗り越えるには、人間のサイズを半分にする計画もあると聞いたことがあって、そうなるとファッションも劇的に変わるのではないかと思ったんです。サイズ感はファッションにおいてとても大事だから。

〈人間の姿が変わる日がきたら、ファッションはどう変わる?〉

スプツニ子!　この先、人間の姿がどうなるか、どう変わるかということは、MITの教授会でもよく出る話題です。同僚に義足義手の研究をしているヒュー・ハー准教授という人がいるのですが、彼は登山中のアクシデントで両足を失い義足で歩くようになったのです。でも、とても優れた義足をつくり、あっという間に健常者よりも速く山に登れるようになりました。彼は自分の状況を障害ではないと主張しています。テクノロジーによって人間以上の機能を持ち得ることができたエンパワーメントなのだと。

松任谷　それはすごい。その義足は人工知能を用いたりしているのかしら。

スプツニ子!　そうです。私たちが足を動かす場合は脳からの指令が必要ですが、人間の神経伝達の速度はコンピュータより遅いんです。なので、たとえばとても優れた義手をつくれれば、熱湯に触れても火傷せずに済むようになるはずです。脳が熱いぞと判断し、手を離せと指令を出し、それに沿って筋肉が動くのを待っていては火傷してしまいますが、コンピュータがマシンを動かすのなら間に合う。

松任谷　映画の『マトリックス』みたいなことができるということ?

スプツニ子!　そうです。弾が到達する前に避けられるということもありえます。

松任谷　ファッション寄りのことで考えると、この先、地球環境が危なくなったとき、人類が生き延びるためには、まず宇宙ステーションや火星や金星にコロニーをつくって、という思考になりがちだけれど、環境が激変したら、それに合わせて動物側が変態していく可能性があるという話を読んだことがあるんです。物理学者のフリーマン・ダイソンだったかな。そうなると、今は頭に胴、手足が2本ずつというのが人間の基本のフォルムだけれど、それ自体が変わっていく可能性がある。そうなったとき、ファッションはどうなるのだろう、と考えてみるのです。

スプツニ子!　今、私、とてもびっくりしています。こういう質問をMIT以外のところでされたことがないから。松任谷さん、MITの研究員になったほうがいいですよ。

その着眼点は最先端で研究している人たちに近いもの。

松任谷 いやいや（笑）。ともあれ、人間の今の状態を大前提としたまま物事を考えるのはどうなのかなと思ったんですね。人間の身体自体が少しでも変われば、違う視点のアイデアが出ると思うので。ただ、そうなると遺伝子操作云々という話になってくるだろうから、賛否両論あるだろうし、農作物ですら遺伝子組み換えのものは結果が出ていないでしょう。安易に考えるのは怖いことだなとも思いますが。

スプツニ子！ 研究者は生命からデザインすることを考えているので、人間の身体もそれなりにデザインされていくかもしれないですね。まずは、気分に影響を与えると言われている腸内環境などの体内からだと思いますが。

〈蚕は生きた3Dプリンターでもある?!〉

松任谷 というところでぜひ伺いたかったのが、スプツニ子！さんが手掛けた光るシルクのことなんです。東京のGUCCIギャラリーで展示された「エイミの光るシルク」。蚕にクラゲの遺伝子を組み込んで、それ自体が蛍光に光る絹糸をつくり、西陣織の布にし、ドレスに仕立てたのですよね。あのインスタレーションの記事を読み、とても面白いと思ったのですが、光るシルクは何から着想したのですか。

スプツニ子！ そもそもは、つくばの農業生物資源研究所が、蚕にクラゲやサンゴなど、様々な遺伝子を組み込んでシルクをつくる開発をしていることを知り、これはちょっとすごいことになっていると思い、話を聞きに行ったのが始まりでした。研究者が蚕に目を付けたのは、蚕は人間が4000年近くの時間をかけて、改良を重ね、人間なしでは生きていけない昆虫だからなんです。唯一、家畜化された昆虫と言ってもいいと思います。

松任谷 呉服屋の娘なので、絹糸、蚕に親近感があるのかもしれないけれど、蚕は神様が人間のためにつくった生物という感じはするかな。羊とかと同じように。

スプツニ子！ そうかもしれないです。つまり、とても扱いやすいわけですよね。研究者たちは蚕を生きる3Dプリンターととらえていて、遺伝子を蚕に組み込むと、様々な機能を持つシルクが蚕からプリントされるという考え方です。

松任谷 組み込む遺伝子によってはいろいろな機能を持つ糸が生まれる可能性があるというわけですね。恋するシルク、バラの香りがするシルク、それから好きな人の心をコントロールできるような服もつくれるかも、と聞いたのですが。そんなこと、できるのですか。

スプツニ子！　恋愛ホルモンと呼ばれる「オキシトシン」を生成する遺伝子を組み込んだ絹糸がつくれたら、そんな勝負服もつくれるかもしれないという発想でプロジェクトを始めたところなんです。研究者は「おまじない的なものかもしれない」と言うのですが、オキシトシンはハグしたり、ボディタッチしたり、何か愛情を感じているときに出てくるものなので、可能性はなくはないと私は考えています。ただ、研究者たちは、蚕同士のインタラクションがどうなるのか気になっているみたいです。それは調べたいと。

松任谷　絹糸をつくる以前に、蚕同士がめちゃくちゃ恋しあって……ということになりかねないと？

スプツニ子！　ですね。そういう何が起きるかわからないことも含めて面白いなと期待しています。それと、遺伝子組み換えといった話題は身近に感じにくい問題だと思うのですが、「恋」をキーワードにすることによって、バイオテクノロジーに親近感を持つ人が増えたらという希望もあってのことです。

〈インテリジェンスをつめこんだ布１枚で生活する、未来のモード〉

松任谷 具体的に未来のモードを考えてみたいのですが、私は勝手に『テルマエ・ロマエ』のような姿になるのでは、と予想しているんです。つまり、布1枚。そこに装飾品が付いたり、デザインが変わっていったのは、階級や職業を表す記号としてだったわけでしょう。将来的にはそういったことが取っ払われる、つまり、着ているもので個人の経済力や趣味嗜好を提示しなくても済む世の中が実現するのではと想像しているんです。もちろん、布1枚でも生活できる環境も整ってということですが。

スプツニ子! 神話時代のユートピアが実現するということですか?

松任谷 希望的観測かもしれないし、どのくらい先の話かは分からないけれど、有史以前にあったかもしれないと言われているような世界が、遠い未来には実現しうるのではないだろうかと。それはクレタ島に行ったときに思ったんですよ。頭が人間のケンタウロスと、頭が牛のミノタウロス、どちらと友だちになりたいかというと、ケンタウロスなんです。頭が人間ならコミュニケーション可能な気がするからなのですが、つまり、美しさを感じるのはインテリジェンスなのではないかと。であれば、身につけているものは布1枚でいいのではと思ったんです。

スプツニ子! しかも光る、恋するシルクもあるし。

松任谷 そう。必要なものすべてを1枚の布に詰め込むこともできるかもしれない。

スプツニ子！　なるほど、新しいユートピア像ですね。「テクノロジー&サイエンスでこの世界をより良くしよう」というフレーズって本当によく聞きますが、私はこの「良い世界」ってすべての人間が同じものを思い描くわけではないと思うんですね。それで作品を通して「それではこの良い世界って何？　誰にとって良くて、誰にとって悪いの？」という問いを発していきたいと思っているんです。

松任谷　お金に支配されているのが今の世界だけれど、考え方によって、感じ方によって、個人を取り巻く世界は変わり得るものですものね。私は東日本大震災を経て、そういうことに自覚的になった気がしています。大輪のカサブランカより、牛乳パックに生けた道端の花を美しく感じられるような音楽とは何なのだろうかと。実際、音楽によって食べた気になるとか、酔った感覚になるといったことは起きているわけですから。もちろん、音楽のみならず、アート全般であり得ることだし、それがアートのミッションと言ってもいいかもしれないと思っています。

スプツニ子！　いつの時代も人の発想が世界を変えていくから、イマジネーションはとても大切だと思います。ヴァーチャルといったような力業で押し切るようなことをせずとも、想像力で十分なはずなんです。心を刺激する音楽やアートがあれば、変えられるものはあると思います。

松任谷 正直言うと、私たちを待っている未来は、必ずしも今のような物質的に満たされた世界ではないのでは、という気がしているのです。そういう状況のなかでもみんなが幸せでいられるためには、自分の世界をどうとらえるか——、それしかないのではないかしら。

スプツニ子！ たしかに音楽やアートは、自分の世界のとらえ方を大きく変えてくれますよね。素晴らしい作品は「こんな世界の見方もあったんだ！」という驚きを与えてくれます。

松任谷 妄想みたいに思われるかもしれないけれど、そういうことは本当にあり得る気がしています。話は再び飛ぶけれど、このシルクをステージ・コスチュームに使うこともありかなと想像してみました。

スプツニ子！ 発光させるには、ブラックライトを当てる必要があるので少し工夫は必要だと思いますが、やれないことはないかも。

松任谷 真っ白なステージで、ぽわんと見えたら面白いなと思っています。もし、実現することがあったら、アドバイスしてくださいね。

スプツニ子！ もちろん！

Sputniko!

1985年東京生まれ。現代アーティストかつ、マサチューセッツ工科大学（MIT）メディアラボ助教。テクノロジーにより変化する人間、社会を反映した映像インスタレーション作品を制作している。作品は、http://sputniko.com/works で見ることができる。

サハラ砂漠に消えたサン＝テグジュペリは、
悲劇というより、かっこいい。
届けたい想いがあったから、存分に飛べたのでは。

松任谷由実×松岡正剛（編集者）

届けなければならないもの、それを託された。
その先に死よりも、もっと深い出会いがあると。
松任谷さんにもその感覚があるのかな。

松任谷由実（以下、松任谷）　お目にかかるのは初めてですが、もちろん松岡さんのことは博覧強記の編集者、研究者としてずっと以前から存じ上げていました。驚いたのは、70年代に小林啓子さんが歌ってヒットした「比叡おろし」が松岡さんの作詞・作曲なのですね。素敵な曲で、今でもそらで歌えるくらいなんですが、後に松岡さんが手掛けた曲だと知って驚きました。

松岡正剛（以下、松岡）　そうでしたか。僕もユーミンのコンサートには行ったりしていたんですよ。楽曲はもとよりですが、空中ブランコとか氷上のショーとか、演出もとても面白くて感心していました。ユーミンというのはひとりのアーティストというより、ひとつのプロジェクト。そのボリューム、複雑性、物語性……すべてにおいて日本では格別な存在です。

〈飛行士サン＝テグジュペリによる『星の王子さま』について〉

松任谷　ありがとうございます。でも、知人友人もかぶっているのにお目にかかることがなかったから、避けられているのではと思っていたんですよ（笑）。今回は『星の王子さま』についてどなたかと話をしようということになって、松岡さんの「千夜千冊」で描かれたサン＝テグジュペリの話が面白かったので、お願いしようということになりました。

松岡 『星の王子さま』の、アニメーション映画の日本語吹替版の主題歌をつくられたんですよね。

松任谷 そうなんです（『宇宙図書館』収録曲「気づかず過ぎた初恋」）。それで『星の王子さま』を改めて読んでみたのですが、中学生のときはとても感動して、すんなり飲み込めたのに、今回はまったくわからなくて愕然としてしまったんです。大学のときに第二外国語のテキストとして読んではいるんですが、そのときの印象はほとんどなくて。なのでウン十年のブランクがありはしましたが。

松岡 それは普通なんじゃないかと思いますね。そしてそれが作者の狙いだとも思う。僕が初めて読んだのも中学生ぐらいでしたが、世界はへんてこだと書いているくらいしかわかりませんでした。ただ、僕は飛行機野郎が好きで、飛行機の父と言われるサントス＝デュモンとか単葉機をつくったアンリ・ファルマンやブレリオの複葉機に憧れていたんです。それで大学生ぐらいのときに稲垣足穂の『ヒコーキ野郎たち』を読み、日本で初めて飛行機で飛んだ徳川好敏《よしとし》大尉や民間飛行で墜落死した武石浩《こう》玻《は》らの話を知り、人機一体のような、死の宿命を背負っているものに憧れを感じました。サン＝テグジュペリも飛行機野郎です。『星の王子さま』もそうした飛行機乗りの精神に通じる物語ですが、そう気づくのに20年ぐらいかかったんじゃないかな。サン＝テグジュペリの他の著作、『人間の土地』や『夜間飛行』を読んでからです。

松任谷 私もそうでした。『人間の土地』と『夜間飛行』『南方郵便機』を読んで、やっと歌をつくるところにこぎつけられました。それまでは、初めて読んだときの、感動した自分はどこに置いてきてしまったのだろう。14歳の自分とずっとパラレルでいたつもりだったのに……と、雲を掴むようでした。松岡さんは、『星の王子さま』は『人間の土地』を童話化したものと書いていらっしゃいましたが。

松岡 『人間の土地』は、彼が郵便飛行士をやっているなかで感じたことをエッセイにしたものですが、サン＝テグジュペリの表現は、すべて彼が飛行機乗りだったというところから始まっていると思うんです。私たちは、アース・バインド・エンジェルとして何千年と地面に縛られてきたわけですよね。その中で、小麦1杯つくるにも、搾取や飢饉、水争いが起きることを知る。一方、見上げれば誰もいない空。イカロスもダ・ヴィンチもサントス＝デュモンも憧れて、けれど誰も飛ぶことのできなかった空があります。そんななか、1903年、ライト兄弟が初飛行に成功します。サン＝テグジュペリは1900年生まれ——稲垣足穂も同年生まれですが——ですから、3歳です。幼少期にその報せに直面した少年の衝撃は想像に余りあります。飛行機乗りは、それまで人類が経験していなかったルールとロールとツールみたいなものに気づいたのでしょう。僕も初めて飛行機に乗ったときそうでしたが、大地が全然違って見える。彼らも、死の宿命を実感しながらも、大地の秘密に気が付いたのだと思います。コンクリートで埋められた地球じゃつまらない。いつ墜落するかわからない大地を感じたいんですね。

松任谷 サン＝テグジュペリの著作には、飛行士だからこその表現が随所に出てきますよね。『南方郵便機』の「液体のように感じられた空気が、今や固体化したと判断すると、操縦士はそれに靠《もた》れかかり、それを攀《よ》じ登って行く」（堀口大學訳『夜間飛行』収録／新潮文庫）なんて、飛行士にとってはおそらく本当にそういう感覚なのだろうと思いました。そういう生理的な感覚を『星の王子さま』に持ちこむことで、それまで飲み込めなかったものが入ってくるなと感じました。

松岡 それは彼が複葉機時代の飛行士だったこともあるでしょう。僕もカナキン貼りのプロペラ複葉機に乗せてもらったことがあるのですが、最初に座布団と金槌を渡されたんです。墜落するかもしれないから、そのときはこれで脱出しろということだったんですが（笑）、そう言われた瞬間から皮膚の感覚やスロットルはこのくらいの長さなのだというようなことが克明になった。サン＝テグジュペリの言語はそういう飛行機から生まれているので、とても生理的です。空気というものが決してぶよぶよしたものではなく、鋭いものであるといったことを、飛行機に乗って初めて感じましたが、よくぞ、ああいう言葉にしたと思います。

松任谷　本当に表現が素晴らしいです。素晴らしすぎて、『人間の土地』や『夜間飛行』などを読んで何かつかめたとしても、それを言葉にすることができないと感じるくらいです。例えば『夜間飛行』でリヴィエールが口にする「星影ゆたかな良夜の空を、空費された良夜の金貨のような月」とか、『南方郵便機』に出てくる「水のように澄んだ空が星を浸し、星が現像していた」（ともに堀口大學訳『夜間飛行』収録／新潮文庫）とか、諳んじているくらいなんですが。

松岡　堀口大學の訳が素晴らしいということもあるでしょうね。

松任谷　それはとても大きいと思います。

松岡　最初、混乱したのはどんなところだったんですか。

松任谷　ひとつひとつのエピソードはわかるんです。バラが恋愛みたいなところは入りやすかったのですが、全体で何が言いたいのだろうかと。哲学的過ぎる感じがして。

松岡　僕はキツネとのやりとりのところで出てくる、「なつく」とか「つれない」という言葉が全体の底辺にあるように思います。リトル・プリンスは1本のバラを「つれない」と感じるのだけれど、一方で5000本ものバラが植わっている庭に、半分驚くけれど半分がっかりする。キツネに「あんたはなついていないので、仲良くなれないよ」と言われて、人間が「絆」と呼ぶようなものが描かれるのですが、僕はそこだと思いましたね。

松任谷 私もあそこに引っかかりました。キツネに教えられて、自分にとってなぜあのバラが特別なのかというのを知る。そこは強く残りますよね。

〈肉体が滅びてもたどりつきたいところ〉

松岡 話は戻りますが、松任谷さんの表現にも空気を流れる気体だけにしないものがありますよ。確かな飛行感覚を感じるし、どの位置から見ているかがはっきりしている。昨日、見たことなのか、なくなってしまいそうなことなのかというような。それはサン=テグジュペリも同じで、『星の王子さま』で言えば、この飛行機がこれからどんな宿命をもつのかというポジショニングがこの作品の一番すごいところです。不時着した飛行士と王子さまと、次々出合うものと地球の関係。最初は混乱するけれど、そこが松任谷さんとつながります。よくぞあの曲をつくられましたね。

松任谷 いきつくのに苦労しました。80年代にパリ・ダカール・ラリーにいったことがあって、彼が飛んだのと近いルートを陸で走ったんです。アルジェのほうからモーリタニアを通ってセネガルのダカールまで行くのですが、その途上、砂漠の星の異様なきれいさとかは目にしていますね。その記憶は役立ったかもしれません。

松岡 サン＝テグジュペリが消えたサハラ砂漠。

松任谷 そうです。彼が行方不明になったのは44歳の時だったんですよね。でも、私はそのことに悲劇性を感じないんです。それは彼が郵便飛行士だったからではないかと思います。『夜間飛行』を読んでいて感じましたが、郵便物は、それが機密文書であろうと、恋文であろうと、大事さにおいて変わりはない。恋も、誰かが亡くなったという報せも、すべて同等に大切な郵便物。それを届けるのが郵便飛行士のミッションなのだということを強く感じました。それがあるから、彼も死を悲劇的にとらえず、思う存分飛べたのではないかと。

松岡 それはすごく当たっていると思います。届けなければならないものがあるんですね。それを託された。そのことによって、死の先にもっと深い出会いがあると感じた。

松任谷 写真家の星野道夫さんが熊に襲われて命を落としましたが、彼は霊になっても熊の棲む原野に行きたかったのではという話があります。サン=テグジュペリもそれに通じるものがあるのかなと思うのです。彼の最期も傍で見ていると超かっこいい。消えたいですよね、空に。

松岡 「アラビアのロレンス」もそうですよね。かっこいい。でもそういったものは少年的な男の願望だと思うのですが、松任谷さんにはその感覚があるのかな。

〈ユーミン世界に漂う、空から眺めているような浮遊感〉

松任谷 その部分では私はちょっと異常だと思います。表に出続けたことで、アンドロギュノスになっているところがあるので。

松岡 やっぱり。それはずっと感じていました。歌の中に永遠の少年と少女、それから女神と男神の両方がある。いや、両方というより、男女を超えていると思われてしまった者の宿命と使命。

松任谷 うわ！　松岡さんの言葉でそんなことを言われるなんて。鳥肌が立っちゃいました。でも確かにそう思われてしまったらやるしかないというところはあります。そういう意味では、私も飛行機乗りなのかもしれません。

松岡　そこから入ればサン＝テグジュペリの世界がすっかり分かるかもしれませんよ。もうひとつ、彼の世界に近いものにサーカスがあると思うんです。曲馬団、オートバイ、空中ブランコ。G（重力）感覚に対する何か。喜びとか戦いとか。そういったものがあるのではないかと。あなたもライブではサーカスを取り上げていますね。

松任谷　「シャングリラ」というショーでサーカスのアーティストとコラボしたことがあります。G感覚ということで言えば、笠井潔さんが「中央フリーウェイ」について書いてくださいましたが、荒井由実時代の曲には特に浮遊感があるらしいです。私自身は、何の哲学も持たずにつくっているのですけれど。

松岡　いや、あるでしょう。無意識なのかもしれないけれど、言葉が出る瞬間や曲に乗るところ、上がっていく声には確実に浮遊感がありますよ。それはユーミン哲学だと思いますけどね。そういったものは何かが原体験になっているのですか。

松任谷　原体験などというたいそうなものではないのですが、ミッシェル・ポルナレフに「ホリデイ」という曲がありますよね。あれは空から教会や畑を見ているという内容の歌なんですが、あの曲に衝撃を受けて、俯瞰を手に入れたというところはあります。そういうアングルの歌は日本語の曲にはなかったから。

松岡　なるほど「ホリディ」ね。松任谷さんは映画やミュージカル、物語を作ってみたいと思うことはなかったんですか。

松任谷 歌で完結しているところがあります。特に作詞はカメラを何台も回すような作り方をしているような気がします。

松岡 確かにそうですね。よく練られている。松任谷さんにとっては5分あれば十分なんですね。

松任谷 それもあると思います。あと、映画は持ち運びが難しいですが、歌はモバイルなので、受け手それぞれのストーリーと結びついて、無限に広がる可能性があると思うんです。気障ですが、詠み人知らずだけれど、誰もが知っている歌みたいなものを遺したい。それが叶えば、日本語を知る人すべてのストーリーと自分の曲がつながることができる。そのためには大和民族自体が続いていってくれないと、というところはありますけれど。今まで消えていった民族、種族はたくさんあるわけですよね。そこには必ず伝わっていた歌もあったはずで、それも同時に消えてしまうわけですから。

松岡 確かに今も、毎年20から30の言語が消滅しています。言語学のニュースを見ていると、ポリネシアのある島に残っている言葉をしゃべれる人が85歳を過ぎたと知って、慌てて言語学者が総出で収録しに行ったりしているんです。そうでもしないとその

松任谷

人が亡くなったとき、言葉も消えてしまうことになるからと。そういうことが次々起きています。そういったものを松任谷さんのようなものすごいポピュラリティを持った人が取り上げると、脚光を浴びて再び……ということはあるでしょう。

そこにおいても「絆」なのかもしれませんね。あまた同じものがあっても、そこに絆があれば特別なものになる。それが人の気持ちを特別なところに向かわせて輝かせる。そういう歌をつくり続けたいと思います。

Seigow Matsuoka

1944年京都生まれ。編集工学研究所所長・イシス編集学校校長。多方面に及ぶ思案を情報文化技術に応用する「編集工学」を確立。また日本文化研究の第一人者として独自の日本論を展開。著書に『古代金属国家論』(内藤正敏との共著/立東舎文庫)『別冊NHK100分de名著「日本人」とは何者か?』(NHK出版)など。

人が死に絶えたら、
音楽も消滅する。それを思ったら、
とても悲しくなります。

松任谷由実 × 妹島和世（建築家）

自分が作ったものでなくてもいい。
ローマ遺跡のように、
力のある建築が生まれるといいな。

松任谷由実（以下、松任谷）　金沢好きなこともあって、妹島さんが手掛けられた金沢21世紀美術館には金沢に行くたびにうかがっています。ステキですよね。

妹島和世（以下、妹島）　ありがとうございます。たしか石川県の観光大使をしていらっしゃるとか。

松任谷　石川県観光ブランドプロデューサーという肩書ですが、観光大使的なことですよね。金沢21世紀美術館ができたのが確か2004年で、プレオープニングの前に行かせていただき、それから20回以上は足を運んでいます。

妹島　そうでしたか。そういえば犬島の「家プロジェクト」も来てくださったとか。

松任谷　はい。うかがっています。初期のころだったと思うのですが、金沢21世紀美術館も手掛けられたキュレーターの長谷川祐子さんと一緒にうかがいました。

妹島　金沢にいらっしゃることが多かったのは、お仕事ですか？

松任谷　ブランドプロデューサーをおおせつかる前は、だいたいがツアーです。金沢21世紀美術館でもさまざまなライブが行われているということを聞いたのですが。

妹島　ライブというよりエキシビション的なものが多いですね。たとえばアート作品的な楽譜の展示があって、同時にいくつかの部屋で演奏をやるんです。来場者はそこを好きに動くわけですが、私の勝手な解釈では、巡り方によって好きな音楽を組み合わせていくことになる。普通のライブも素晴らしいですが、来る方それぞれによって違った展開があると素晴らしいなと思ったのです。

松任谷 それは妹島さんの建築の特徴のひとつでもあるように思います。好きなように動いて展示を見る。それによって、それぞれのアート体験が生まれるのでは。

妹島 そうなんです。もちろん、建築をつくる時点でいろいろなことを考えるわけですが、最終的には使う人しだい、やり方しだいで、思いもよらなかったクリエイティビティが生まれることもあるのです。以前、金沢21世紀美術館で日比野克彦さんが「明後日朝顔プロジェクト21」として建物に沿って朝顔を植えたことがありました。夏になり、朝顔が生長すると建物すべてがそれで覆われたんです。

松任谷 グリーン・カーテン。

妹島 そう。私もそこまでは想像ができたのですが、朝顔に覆われたことによって、ガラスを感じなくなったんですよ。建物の中なのに、庇の下にいるような感覚でした。建築って、使い方で進化していくのだと改めて驚きましたし、素晴らしいと思いました。

松任谷 自然がエフェクトになることはありますよね。私も、子どものころに米軍基地のそばに住んでいたのですが、雨が降ると基地のフェンスが見えなくなって、一帯がアメリカになってしまうような感覚を味わいました。駅のホームから見えたそんな光景をもとに歌もつくりましたが、見えなくなることによって、空間が広がるのだなと。それに近いことは、ここ（※対談場所のSHIBAURA HOUSE。妹島さんの設計）でも感じました。一面がガラスになっていることもあってか、周囲の街とのつながり感を感じるのです。この辺りには、10代のころによく通ったのです。出版社やレコード会社のスタジオがあり、輸入自動車のショールームもありましたよね。橋の上からそれらを見ると行ったことのなかったドイツみたいだなと思ったり。一方で、モノレールの下には釣り船屋があったりもする。

妹島 いろいろなものが入り交じっている面白いところだと私も感じました。

松任谷 ある種の借景としてそれらを取り入れていると感じるのですが、海外で建築を手掛けられるときも同じことを考えるのですか。

妹島 日本でも海外でも、いろんな人が同時に居やすいということを考えます。一緒にいることもできるし、バラバラにもなれる。そういった空間をつくりたいのです。どうしたらそれが快適に実現できるかというと、その建物がある街や場所、周囲につながっていたほうがいいのではと思うのです。閉じた場所の場合、集中するのにはいいと思いますが、いろいろな人が一緒に様々な居方をするのは難しいと思うので。

その建物に求められる機能は様々ですが、その場所に開いて行く、つながりがあるような物をつくろうと考えています。

松任谷　ここも、数時間過ごさせていただいただけですが、とても面白くて。吹き抜け部分もあるからフロアを超えてコミュニケーションをとることもできるし、かなりの人数でミーティングできそうな空間もある。一方で、面白いなと思ったのはエレベーター前に人ひとりが隠れられるようなスポットがあるんですよね。エレベーターを待つちょっとの時間、ひとりを楽しめる空間になっているのだなと感じました。

〈緩やかに外とつながる、やさしい建築〉

妹島　建築はクライアントの希望を建築家の想像力でいかに形にしていくかだと思うのですが、その想像力が私だけでなく、使う人によっても生まれたらいいなと思っているんです。そのための手だてを用意しておくようにしています。

松任谷　妹島さんの建築には、素材自体は鉄骨やフェンスなどハイテックなものが使われていますが、なぜか温かみを感じるのです。それは先ほどおっしゃった外とつながっていて、でもプライバシーも保たれるようになっている。女性らしさかなと感じました。磯崎新さんも、妹島さんの間仕切りやパーテーションを使うことで、そこに存在していなかった空間を作り出す建築は、寝殿造りにつながるといったことを書いていらっしゃいましたが、そういうところにも日本女性らしさが出ているのではないでしょうか。簡単に言ってしまえばやさしさや思いやりみたいなもの。

妹島 海外に行くと、あなたは日本人だからガラスを多用するといったことを言われますが、私自身はあまり意識していません。ただ、そう言っていただくと確かにそうなのかなと。でも、松任谷さんはよくご覧ですね。空間に興味がおありなんですか。

松任谷 すごくあるんです。建築が好きというわりには何も知りませんが。

妹島 以前、松本隆さんのご自宅を設計させていただいたことがあったのですが、松本さんもとても空間に興味がおありでした。もしかしたら音楽家は空間的なのではないかと感じたのです。たいていの方は図面を見せても、それだけで出来上がりを想像するのは難しいのですが、松本さんは、ここがこうなるわけですねと即座に空間的イメージをされていました。

松任谷 以前の松濤にあったご自宅ですよね。私もうかがったことがあります。音楽は空間と時間をデザインするものですから、そういう意味では空間の見方がちょっと特別なのかもしれません。もうひとつ妹島さんの作品で惹かれるのは導線の面白さなんです。図面と写真を拝見しただけですが、京都の集合住宅では、地下をくぐる通路があって、そこを抜けると共用の庭に出たりするようになっていますよね。

妹島 隣近所と、緩やかに生活がつながったら面白いなという発想で考えました。ただ、私の発想は非効率的ととらえられることもあるんですよ。再春館製薬所の女子寮を手掛けたとき、80人からの女性が共同生活をするので、すべてが一斉だと息苦しいかなと思ったんですね。それで洗面所や食事場所をいくつかに分散させました。でも、トイレがいくつもあるなんてと批判的な評が出たりもしたんですよ。

松任谷 妹島さんの作品には女性ならではのやさしさや気遣いがあって、それも好きな理由のひとつなんです。今、物作りは合理性を追求しすぎて、出口を見失っているような気がするので。

妹島 無駄とは？　と考えますね。あったほうがいい無駄もあると思いますから。

〈手の中にある音楽も、集まることのできる建築も、未来につながる〉

松任谷 被災地の建築も手掛けられていらっしゃいますが、震災で意識が変わったことはありましたか。

妹島　「みんなの家」という寄合所みたいなものを東日本大震災の被災地に作っていて、地元の人と話す機会があったのですが、彼らは、子どもたちに自慢できる集会所を遺したいと言うのです。とても感銘を受けました。それまではなんとなく、与えられた敷地とその周りぐらいで考えていたように思います。その話を聞いて、建物も町も、みんなでつくっていくものだと気づかされました。「犬島プロジェクト」もひとつの集落をギャラリーにすることを目標にやってきましたが、そうではなく、過疎の島の未来像、あるいは、これからの私たちのライフスタイルについて考えていこうと思うようになりました。住まなくてもいい。多くの人が年に何度も足を運びたくなるような何かを建築として用意できないだろうかと考えたのです。というのは、友人が学生を犬島に連れていったのですが、小さな島ですから1時間もあれば見終わってしまうんです。それで他にやることはないの？　と。ならば、みんなで植林をしたり花畑をつくるといったプログラムがあれば、もう半日、やることができます。少しでいいんです。次に来た人がその続きをやって、そうすると半年後に来たら森になっていたみたいなことになれば。そんなことをしているうちに、数回訪れてくれれば自分の島のようなイメージになってくるのです。

松任谷　家も町も、人がいないと、愛情をかけないと、あっという間に荒れますよね。そう

いう形の過疎対策というのもあり得ますね。住人は増えなくても、入れ替わりの人口は増えるんですものね。面白い。

妹島 そう、住まなくてもいいんです。ギャラリーもありますが、その展示のために1か月くらい滞在する人たちもいる。ギャラリーを訪れる人のためのパスタ屋さんが週末だけ開いたりもする。島も、人がたくさんきてくれるとどんどんきれいになるし、そういう使い方で未来につながっていくこともあるのではないかと考えました。音楽にもそういうところがあるのでしょうか。

松任谷 40年前に長崎の離島にある高校の校歌をつくったんです（「瞳を閉じて」）。分校で、自分たちには校歌がないのでつくってくださいという手紙を生徒が送ってくれて、それがきっかけでつくったのですが、先日、その学校が創立50周年を迎えたので、呼んでくださったんですよ。卒業して学生たちは島を離れて、みんなバラバラになっているんです。人口が減って、過疎化が進んでいるんだけど、でもこの校歌を思い出すと、自分は島の人間なんだ、みんなと一緒なんだという気持ちになれると言ってくれました。そういうものに自分の曲がなっているのかと思ったら、とても嬉しかったし、ありがたかったです。

妹島 音楽はいいですね。いつでも、どこでもすっと手の中に取り戻せる。

松任谷 形あるものはいつか消えてしまいますものね。ただ、音楽も必ずしも永続的なものではないんです。実は年に何十という言語が消えていっているという話を聞いて、大和言葉がなくなったら、私の歌を歌ってくれる人もいなくなるんだ……。音楽は4次元的、5次元的メディアだと思っていましたが、人が死に絶えたら消滅する。それを思ったら、すごく悲しくなりました。

妹島 建築はいずれ壊される宿命ですが、自分が作ったものでなくてもいい。ローマの遺跡のように、長いこと多くの人に素晴らしいと思われるようなものが生まれるといいなと。そのくらい力のある建築がつくれたらと思うのです。

松任谷 そうですね。みんなが幸せを感じられるような力のあるものがつくっていけたらいいなと思います。

Kazuyo Sejima

1956年茨城県生まれ。建築家。「SANAA」「妹島和世建築設計事務所」代表。主な作品に「金沢21世紀美術館」「ディオール表参道」、ルーヴル美術館の別館である「ルーヴル・ランス」などがある。2010年、建築のノーベル賞と言われるプリツカー建築賞を受賞した。

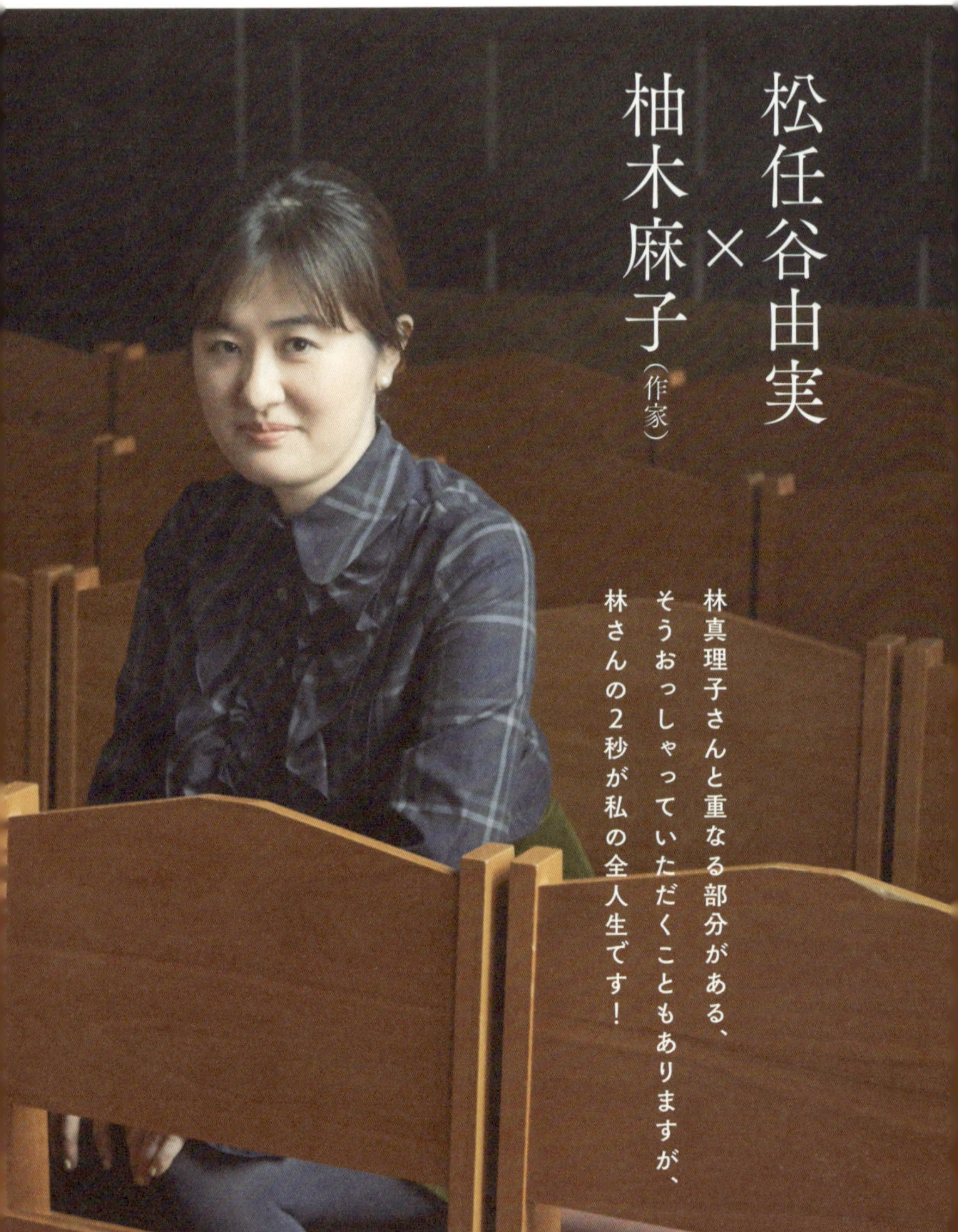

松任谷由実 × 柚木麻子（作家）

林真理子さんと重なる部分がある、
そうおっしゃっていただくこともありますが、
林さんの２秒が私の全人生です！

アーティストとして快感を得るのは、
ライブのクライマックスより
1曲の詞を書き上げた後。

松任谷由実（以下、松任谷）　柚木さんにお目にかかるのは初めてなのですが、私の歌をフィーチャリングした小説を書いてくださっているとうかがい、お話ししたいなと思いました。それと、ややこじつけですが、大学でフランス文学を専攻されていたともうかがったので。

柚木麻子（以下、柚木）　本当に今日はありがとうございます。ちょっと限度を超えたユーミンの、あ、ユーミンとお呼びしていいですか。

松任谷　もちろん。そのほうがいいです。

柚木　ありがとうございます！　とにかくとんでもないユーミン・ファンなので、変なことも言うかもしれませんが、よろしくお願いします。どのくらいのファンかと言うと、『魔女の宅急便』から入って、11歳のときに夢中になって見たドラマ『その時、ハートは盗まれた』の主題歌「冬の終り」は好きすぎて私の人生のテーマソングになっていて、小学6年生のときには「真夏の夜の夢」を歌い踊りまくりながら受験勉強をし、今ではユーミンさんの動向を知るために千秋さんのブログを日々チェックしています。今日の対談が決まってからはほぼ毎日、友人とユーミンの話をし、カラオケに行ってユーミンを歌い、「キャンティ」へ行ってユーミンに会える！と雄叫びを上げてきた……というような感じです。ただみかけてごめんなさい。興奮しすぎです（笑）。

松任谷 ありがとうございます（笑）。でもまずはフランスの話からうかがおうかな。フランス文学を専攻されようと思ったのは、なぜだったんですか。

柚木 私は女子高文化抜きではあり得ない人間なんです。で、その高校生時代が雑誌「Olive」の全盛期で、フランスの女子学生リセエンヌに憧れ、パリに行けば夢が全部叶うと思い込んだ世代でした。理由なんかないんです。パリと聞いただけで、頭にカッと血が上る。パリへ行って、私もアパルトマンに住むんだ。白いシャツにデニムはいてロマーヌ・ボーランジェみたいになるんだと思っていました。ところが、大学へ入り、いざフランス語の授業を受けてみたら、女性名詞と男性名詞ってなんじゃそれ状態で。シャンソンも歌えないまま、日本語訳のフランス文学を読みまくって、4年間が終わりました。

〈柚木小説の主人公とユーミンの関係〉

松任谷 ちょっとわかります。私も初めてパリに行ったときは、いそいそとカフェに行きましたよ。

柚木　ええ!?　本当ですか？　でもきっと全然レベルが違います。女子高の女たちって、らちもあかないことをああでもない、こうでもないと話すのが好きなんです。きっとこうだよ、ああだよと、きゃっきゃやっているのがとても楽しいんです。パリについてもそう。「Ｏｌｉｖｅ」をめくりながら延々しゃべりつづけられるんです。パリへ行って思いました。あの時間が一番楽しかったんだ、って。

松任谷　私も女子高だったからわかりますよ。ただ、柚木さんの小説にも出てくるけど、女子ってグループをつくるじゃないですか。私はそのどれにも属さない人間ではあったけれど。

柚木　ですよね。そうに違いないと思っていました。松任谷さんは特別な子です、やっぱり。私の『けむたい後輩』に出てくる真実子ちゃんみたいな女の子だったんだろうなと勝手に思い浮かべていました。誰からも好かれて、どこへでも行って、本人は意識していないのに世界を変えてしまうような女の子。松任谷さんの歌をもっともフィーチャーしているのも、この作品だと思います。

松任谷　横浜の山手にある女子大が舞台になっていて、「ドルフィン」でソーダ水も飲んでましたね（笑）。大学はフェリシモとなっているけれど、あれはフェリス（女学院大学）がモデルになっているのかな。

愛読者カード

■本書のタイトル

■お買い求めの書店名(所在地)

■本書を何でお知りになりましたか。

①書店で実物を見て　②新聞・雑誌の書評(紙・誌名　　　　　　　　　　　　　)

③新聞・雑誌の広告(紙・誌名　　　　　　　　　　)　④人(　　　)にすすめられて

⑤その他(　　　　　　　　　　　　　　　　　　　　　　　　　　　　　　　　)

■ご購入の動機

①著者(訳者)に興味があるから　②タイトルにひかれたから

③装幀がよかったから　④作品の内容に興味をもったから

⑤その他(　　　　　　　　　　　　　　　　　　　　　　　　　　　　　　　　)

■本書についてのご意見、ご感想をお聞かせ下さい。

■最近お読みになって印象に残った本があればお教え下さい。

■小社の書籍メールマガジンを希望しますか。(月2回程度)　はい・いいえ

※ このカードに記入されたご意見・ご感想を、新聞・雑誌等の広告や弊社HP上などで掲載してもよろしいですか。

はい(実名で可・匿名なら可)　・　いいえ

郵便はがき

おそれいりますが
切手を
お貼りください。

153-8541

東京都目黒区目黒1-24-12

株式会社CCCメディアハウス

書籍編集部 行

■ご購読ありがとうございます。アンケート内容は、今後の刊行計画の資料として利用させていただきますので、ご協力をお願いいたします。なお、住所やメールアドレス等の個人情報は、新刊・イベント等のご案内、または読者調査をお願いする目的に限り利用いたします。

ご住所	□□□-□□□□ ☎ ー ー		
お名前	フリガナ	年齢	性別
			男・女
ご職業			
e-mailアドレス			

※小社のホームページで最新刊の書籍・雑誌案内もご利用下さい。
http://www.cccmh.co.jp

柚木　はい。私は海外の少女小説が好きなんです。寮で女の子同士できゃっきゃしているような。あれを日本で描くならどこが舞台になるだろうかと考えたとき、周辺が外国みたいな風景で中高一貫校で大学に寮があって……と言えばフェリス。あそこしかないと思ったんです。で、山手のあたりを歩いて、「ドルフィン」でいろいろ思いをめぐらすうち、ユーミンのことを考えたんです。ユーミンは14歳でデビューしてからずっと第一線で活躍しつづけているけれど、若くして天才と言われた女の子のすべてがそうなれたわけではないだろう。そうだ、凡人になってしまった早熟の天才の女の子を書こう。そう思いつきました。

松任谷　それが栞子。

柚木　そうです。でもユーミンはそっちじゃなくて真実子ちゃん。無意識に人を惹きつけ、世界を変えてしまう子のほうですよね。これを書くにあたっては、才能とは何かみたいなことを真剣に考えました。あと、天才少女の周りの人はみんな傷ついているだろうなとも。私は凡人側なので、すごくそういうことを思うんです。とにかくユーミンとユーミンの歌ありきの小説です。

松任谷　読ませていただいて、最初は女子大の感じとかがカリカチュアライズされすぎではとも思ったんですが、読み進むうちにすごく引き込まれました。筆力があるし、リアリティがすごくある。女子高文化で育ったとおっしゃったけど、描く対象には一定の距離をもっているのだろうなと、今のお話を聞いて思いました。私も、詞を書くときは自分はそこにいません。距離を持って眺めている感じ。

柚木　作詞のお話については聞きたいことがあり過ぎなんですが、いいですか。

松任谷　もちろん。

〈「セシルの週末」は〝イットガール・ストーリー〟の最高峰〉

柚木　私が書きたいことのひとつが「あの子小説」なんです。『けむたい後輩』に出てくる栞子や真実子ちゃんがそうですが、女同士には、単なる友情ともまた違う関係があると思うんです。憧れすぎてしゃべりかけられない子。正直、あまり好きではないのに気になって仕方がない子。例えば「セシルの週末」のセシルがそうだと思うんですが、「そうさあの娘は素敵」と言っている側はセシルに好意を抱いてはいない。なのにセシルのことが気になってたまらない。松任谷さんにはそういう歌がたくさんあるのではないでしょうか。ある意味「あの子文学」の最高峰。あの感覚はいったいどこから湧き出るのでしょうか。松任谷さん自身がみんなに「あの子」と呼ばれる側なのに、なぜ不良のきらめきを指をくわえて見ている凡人の気持ちがわかるのですか。

松任谷 さっきも言いましたが、女の子同士でつるんでいなかったからでしょうね。そこに身を置いていなかったから。少し話はずれるかもしれないけれど、30代の終わりごろに、高校の学年会みたいなのがあって、たまたま顔を出したことがあったんですね。卒業後も付き合いのある人はごくわずかで、それも皆一匹狼みたいなタイプばかりなんです。しかも学校ではお互い親しいところを見せなかったから、そういう集まりに行っても知ってる人なんかほとんどいないんです。ところが、私が知らなくても、向こうは私のことをよく知っている。特に年齢が同じだから鏡のように知っている。それはすごく居心地が悪かったです。怖いと感じたくらいに。

柚木 でもユーミンと同じクラスで少女時代を過ごしたら、人生、変わりますよね。絶対に比べてしまうだろうし、特に芸術の分野に進みたいと思っていた人は、諦めてしまうんじゃないかな。

松任谷 そんな感じの人もいました。学校ではなりを潜めていたので輝いていたとは思えないんだけど、なぜそんなに私のことが嫌いなんだろうと。でもまあ、いいかと（笑）。

柚木 やっぱり、まあいいかなんだ（笑）。

松任谷　『けむたい後輩』でなるほどと思ったことがあって、最後の方に「信奉者というのはやっかいだ」と書かれてあったでしょう。これまで分析したことはなかったのだけれど、これか！　と腑におちました。ファンですと言ってくれる人全員ではないですが、あるベクトルで来る人に対して嫌悪感を持つことがあるんですよ。その褒められ方をされないとバランスの取れない自分になってしまいそうな、ネガティブなパワーを持った人がいるんです。バイブレーションとしか言いようがないのだけれど、いい！　素晴らしい！　と言われることが、逆支配みたいに感じることがあります。

柚木　ちょっとわかる気がします。私は完全に信奉する側ですが、好きなアイドルや女優さんが引退した後の発言を聞いて、私たちがわいわい言っていることがストレスだったのかなと気づくことがあるので。

松任谷　それと同じかは分からないけれど、私が感じていたことを柚木さんが見事に明文化されていた。なるほど、でした。

〈自分の声に飽きずにいつづけることも大きな仕事〉

柚木　編集の方にユーミンに聞きたいことはありますか？　と言っていただいたのですが、ユーミン自身は過去のことに興味がない気がしたんですね。なので今、何をされているのか。今日はどんな日だったのか。今、関心のあることとかをうかがいたいなと。

松任谷　確かに過去には興味ないですね。

柚木　ですよね。毎日、アップデートされている感があります。

松任谷　いや、お話を聞いていると、柚木さんの情報量もすごいですよ。

柚木　貪欲なほうだとは思うのですが、スマホですべての用事を片付け、同調圧力に弱く、量販店で適当に服を買っている、子供っぽいアラサー……。ユーミンの世界観の片隅にもいない感じです。

松任谷　私もしまむらや109に行ったりダイソーに行ったりしますよ。電車やバスにだってよく乗ります。

柚木　ええええ！　とんでもない情報（笑）。でも電車になんか乗ったらすぐにバレてしまうでしょう。

松任谷　いえ、私の場合、しゃべらなければ分からないんですよ。声を出すか出さないかでオンオフができるようになっている気がします。

柚木　そのことにも興味があったんです。朝、起きてユーミンの声というのはどういう感じなのかなと。

松任谷　飽きます。それを飽きないようにするのが大きな仕事かもしれません。自分の声で歌をつくり、歌うわけだから、声がついてまわるんです。じつは詞と声ってすごく連動しているんですよ。そこを常にフレッシュに感じるようにするのがひとつの務めですね。

柚木　どうやったらこんなふうにずっと第一線にいつづけ、でもしまむらにも行って、バスや電車にも乗るという感覚を持ち続けることができるのだろう。

松任谷　モードの切り替えです。それをしなかったら本当に人格がバラバラになってしまうと思います。シンガーソングライターですから仕事量は多い。様々な方向のことをしなくてはいけないんですが、それをやっているからバランスが取れているのだと思います。パフォーマーであるとき。ソングライターであるとき。そのどちらかが欠けたらバランスを失うでしょう。特に詞を書くことがすごく大変なんです。私は詞を書かなければシンガーソングライターとは言えないと思っていて、曲よりも重要です。それだけに歌詞ができあがったときの快感はものすごいものがあって、ライブでスポットライトを浴びてストライキングポーズしているときは最高に気持ち

柚木 いいでしょうと言われたりするのですが、全然。快感は詞を書きあげたときです。

松任谷 そうなんだ。

柚木 いずれストライキングポーズをできなくなる日がくれば、それはそれでストレスにはなるでしょうけれどね。

松任谷 詞を書きあげたときの快感ってどんな感じなのですか。

柚木 1曲でもフルマラソンを走り終えたような感じですね。

〈一瞬を切り取る、印象派のような歌でありたい〉

柚木 確かに、ユーミンの曲はとても長い小説を読んでいるような気持ちになります。だからいろいろ探ってみたくなるんです。「11月のエイプリルフール」に出てくる歩道橋はどこだろうかとか、「卒業写真」のモデルになっているのは女性の体育の先生という話は本当なのだろうかとか。

松任谷 そういうようなことを言われることが多いんですが、私の書く詞はどれも誰の話でもないんです。歩道橋にしても、あのモチーフを思いついたのは用賀だった記憶がありますが、だからといって用賀の歩道橋を描いているわけではない。私が描きたいのは一瞬の風景や匂いとかで、シチュエーションはそれを描くために配している舞台装置みたいなもの、と言ってもいいかもしれません。

柚木 そうか。それを私たちが勝手にわいわい解釈しているだけなんですね。

松任谷 でもそういうことをしてもらえるのはありがたいことなんですよ。「フィガロジャポン」の連載シリーズでも印象派を取り上げたのですが、改めて自分は印象派でいたいなと思いました。アブストラクトになるわけではないけれど、一瞬を切り取る歌でありたい。

柚木 それは空気感の真空パックみたいなものだと思うのですが、どういう瞬間に仕入れるのでしょう。どういうときにシュッとパックされるのですか。

松任谷 家の近所を散歩しているときもあるし、ツアーの旅先で感じたことだったりもします。元来はメモをしておくタイプではないんですが、最近は整理整頓も大事だと思うようになりました。いくら考えても論文にしなければ科学の証明をしたことにならないように、作品にしないかぎり、どんなに素晴らしいモチーフも意味がないですからね。しかも歌を作品として出すためにはプロデュース、アレンジといったプロセスが必要なわけで、まずはそれを担当している人——私の場合は夫ですが——に伝えられなければなりません。自分の頭の中にモチーフが渦巻いているだけではダメなんです。

柚木 着地させることがクリエイティビティ。

松任谷 そう思います。柚木さんが小説を書きあげたときはどうですか。多作でいらっしゃるけど。

柚木 松任谷さんのような感慨はないんです。味わいたいとは思うのですけど。

松任谷 だからどんどん書けるのかもしれないですよ。今、デビューして何年ですか?

柚木 最初の本(『終点のあの子』)が出たのが2010年です。

松任谷 そうか。私もデビューしてしばらくは歌をつくることにまったく何の苦労も感じなかったんです。でも、20年ぐらいたって、40歳ちょい前くらいからだったと思います。ものすごく考えるようになりました。特にきっかけがあったわけではないのですが、このやり方は自分にとって新鮮ではない。それに悩むようになりました。

柚木 それから1曲を書くことがフルマラソンになった?

松任谷 そうですね。

柚木 でもそれって自分が刺激を受けるものに常に誠実であるということですよね。すごく大変なことだろうけど。

松任谷 誠実とも言えるし、でも周りを傷つけているかもしれない。かなりわがままかもしれないと思います。

松任谷　先ほど「あの子小説」を書きたいとおっしゃったけれど、なにかきっかけがあったんですか。

柚木　ひと言で言えば、同性に囲まれて生きてきたからだと思います。女性ばかりと過ごしてきたので異性との恋愛がうまく描けないし、同性に惹かれることも多かったので、自然とそうなったのだと思います。

松任谷　同性愛的な何か？

柚木　うーん、ちょっとあると思いますが、恋愛関係だと、男女でも同性同士でも失恋というものがありますよね。終わりがはっきりしている。でも、友達という同性同士の関係だと明確な終わりがないんです。あなたとは絶交だってあまり言わない。にもかかわらず失恋的な感慨をいだくことがあるんですよ。それを書いていきたいというのがずっとありました。憧れの女の子と一緒にいたいのに、その子といると——ユーミンのクラスメイトがそうであったように——眩しすぎて傷ついてしまう。それでフェイドアウトしたり、大親友だったはずなのに、何年かぶりであったら、あ、何かが違う。また会おうねと言ったけれど、それきり会わなくなってしまったり。誰もが経験しているのに、うまく言葉にされていないことだと思うので、それを私の言葉にしたいと思いました。

松任谷 今のお話を伺っていて、私は超ヘテロだと思いました。女の子に憧れるとかいうことがまったく分からない。

柚木 性的指向云々関係なくても、ですか。

松任谷 ないですね。世の中にはそういうことが普通にあるんだと理解するようになったのは近年です。サガンの小説とかにも実はそういうことが出て来ているのに、まったくわからなかった。

〈自由で不自由、男でも女でもない何か。そう、気づいた〉

柚木 「あの子」的なものを意識して歌を書いたことはないですか。

松任谷 意識はしていません。ただ、共通項はたくさんあると思います。詞を書くとき、誰かを設定して駒のように動かすことはありますから。

柚木 「セシルの週末」のセシルや「私のフランソワーズ」のフランソワーズ、「今すぐレイチェル」のレイチェルは具体的なモデルがいるのかなと想像していたんですが。

松任谷 具体的にはないかな。セシルはサガンの小説に出てくる人物が混合されていたり、レイチェルは『ブレードランナー』に出てくるアンドロイドの名前で、アンドロイドには決して持つことのできない思い出を収集するような淋しさを託したところはありますけれど。

柚木 違うのかあ。ユーミンさんは憧れられる側ですものね。きっと私みたいに限度を超えた信奉者もいるだろうし。

松任谷 いや、柚木さんは面白いだけで、限度は超えてませんよ（笑）。本当に危ない人は全然違います。

柚木 そういう人がいるんですね。

松任谷 います。ストーカーな人が。あと、ストーカーではないけれど、荒井由実時代しか認めない人とか。

柚木 それは性質《たち》が悪いですね。ただ少しわかるのは荒井由実時代の歌は余白が存分にあったと思うんですね。だから精神状態が弱っているときでも感情移入がしやすいんです。松任谷由実になってからは楽曲がどんどん緻密になっていって、世界観ががっちりしているから、ちょっと切ない日が続いていると入りにくいのかもしれません。

松任谷 そうそう。じいさんと少女に共感されやすい荒井由実（笑）。

柚木 ユーミンにストーカーがついちゃうのもわかります。ストーカーされる人って自由の象徴だと思うんです。ユーミンの自由に惹かれて追いかけたくなる。もし、ユーミンがいろいろなことに縛られていたらそこまで追わない気がします。特に女の子は何かしら不自由さを感じているから、どうしても自由な女の子に惹かれるんです。

松任谷 いや、ものすごい不自由ですよ。でも、この不自由さに誰も気づいてくれないんですよね。

柚木 そうなんですか。

松任谷 世俗的にはとても自由だと思います。人間関係、経済的なこと、様々な立場……。そういったことは限りなく自由です。けれどシンガーソングライターである以上、自分の才能を発表するのに、たくさんの人の手が加わらないかぎり、その場に立てないんです。競走馬と同じですよ。ディープインパクトがどれほどの能力を持っていても、野に放ったのでは誰にもそのすごさはわからない。薬湯に入れる人がいて、ブラシをかける人がいて、蹄鉄を打つ人、トラックを整備する人、パドックのバネを調整する人、馬具を付ける人。そして何より騎手が要る。私の場合は騎手も兼ねているところがありますが、馬であることに変わりはないんです。人間的な自由はない。ちょっとわかりにくいかな。

柚木 いや、わかります。マイケル・ジャクソンはじめ、いろいろなスターの発言を読みましたが、いまひとつ腑に落ちなかったんです。でも、今のでわかりました。みんなそういうことが言いたかったんですよね。ただ、信奉する側は完成したものしか知らないから、スターのそういう気持ちはわからないんです。たぶんそうです。でも、そうなると、スターとしては気持ちのメンテナンスとかどうされるんですか。こういうことは知らないほうがいいのかな。

松任谷 自分でも気づかないところで切り替えてるみたいですね。人格がかい離しているところがあると思います。自分でそう言っているうちは正常かもしれないけれど(笑)。そもそも30代の終わりぐらいまではそんなこと思いもしなかったですからね。限りなく自由。そうとしか思っていなかった。

柚木 自分が不自由だと気づかないころのほうが幸せでしたか？

松任谷 いずれ知ってしまうことでしょう。自分が人間ではない――おかしな言い方かもしれないけれど、男でも女でもない何かだということを。しかし柚木さんは面白いです。林真理子さんと重なるところがとても多い気がするな。言われませんか。

柚木 ま、まれに……。

松任谷 天才型だし。

柚木 とんでもない！　林さんの2秒が私の全人生です。

松任谷 いや、そのすかさずの表現や貪欲さが面白いし、似ていると思う。

柚木 また、ユーミンさんの歌をフィーチャーした小説を書いてもいいですか？　ユーミンにストーキングする人にも取材してみたいな。

松任谷 それはどうだろう（笑）。でも、私の歌に何か感じて小説を書いてくださるのはとても嬉しいです。これからも楽しみにしていますね。

Asako Yuzuki

1981年東京生まれ。立教大学文学部フランス学科卒。2008年、女子高での苦い出来事を描いた「フォーゲットミー、ノットブルー」で第88回オール讀物新人賞を受賞。15年に山本周五郎賞を受賞した『ナイルパーチの女子会』（文藝春秋）、『伊藤くん AtoE』（幻冬舎）『本屋さんのダイアナ』（新潮社）の3作は直木賞候補に。

Voyages autour de l'art

第3章
フランスと日本、アートを感じる旅の話

コート・ダジュールの旅

コート・ダジュールを訪れるのは1991年以来です。当時はバブルの真っ只中。しかもF1ドライバーのアイルトン・セナに会いたくてモナコ・グランプリにやってきたという旅でしたから、自分でも少し浮かれ気分だったと思います。初めての南仏は華やかで刺激的だったけれど、ひとつ大きな心残りがあったのです。マティスの礼拝堂に行けなかった。修復のために閉館中でした。それが目的の旅ではなかったけれど、とてもがっかりしました。

マティスの光のみなもと

マティスは私にとって特別な画家です。ずっと好きだったけれど、結婚直後、ひと目惚れして譲っていただいたドローイングが我が家にやってきてからは特にだったかもしれません。描かれている顔が少し私に似ているんですが、それが日によって違って見えるんです。突き放すような微笑みだったり、目の奥にやさしさが見えたり。実は、いまの家も彼の影響で南仏風にしています。マティスが自分で市場へ出向き、気に入った花々やオレンジなどを買い込み、アトリエに所狭しと並べて自分好みの創作環境を手ずからつくった。その姿勢を真似てみたかったのです。

コート・ダジュールはその彼が晩年を過ごした地です。ヴァンスにあるロゼール礼拝堂は、最後の仕事と覚悟して取り掛かった作品と聞いていましたから、どうしても見たかった、来たかったんです。

24年前ではわからなかったこと

礼拝堂に入った瞬間の感覚はちょっと言葉にはできないかな。気がついたら涙が……という感じでした。

後期印象派に分類されることが多いマティスですが、彼はそれだけでひとつのジャンルをなしていると思います。晩年は切り絵や線画のシンプルな作風で、この礼拝堂に描かれているものもそうです。肉体の衰えからそうなったのだという人もいますが、自分の肉体と対話しながら表現を見つけていくのがアーティストだと思うのです。肉体と表現のエネルギー量は関係ありません。それに、削ぎ落とすことは多くのエチュードやスタイルの変遷を経て、初めて可能になります。経験と研鑽があったから、それを削ぎ落とした時にとてつもない感動が生まれた。礼拝堂に入った瞬間、そう感じ取ることができました。それがわかる自分がちょっと誇らしかった。たぶん、24年前の私ではわからなかったと思います。来るべき時はいまだったんです。

彼が暮らしていたヴィラ・ル・レーヴは、床のタイルやテラスの柵など、彼の作品のモチーフに表れているものがそこかしこにあって楽しかった。マティス美術館でも同じ体験をしました。

コート・ダジュールは光であふれていますが、それは光の三原色が三つ重なった時に生まれる白が弾けるような光。そこで生み出されたマティスの空間に身を置いてみて、彼の素晴らしさは「明快さ」だと確信しました。病に侵され、さまざまな苦労もあったでしょうに、痛みや苦しみは表さず、見る人を幸せな、明るい気持ちにさせるものを描いた。彼こそ、私が歩んでいこうとしている道のずっと先にいる、我がマイスター。彼が残した光の中で、それを改めて感じていました。

マティス美術館

Musée Matisse

164, avenue des Arènes de Cimiez, 06000 Nice

www.musee-matisse-nice.org

マティスは晩年、多くの切り絵作品も手がけている。上は代表作のひとつ、マティス美術館所蔵の『花と果実』(1952年〜53年)。マティスが気に入っていたという17世紀に建てられた貴族の館が、マティス没後に美術館に。「巡回していない作品も多い」とユーミン。

国立ピカソ美術館の礼拝堂内で。描かれている壁画は『戦争と平和』(1952 年完成)。

コート・ダジュールの色彩とピカソ

マティスと浅からぬ縁のあったピカソもまたコート・ダジュールに暮らしていました。マティスの最晩年に重なるころ。最期を迎えたのはセレブリティの集まるムージャンだったそうです。

世界中に彼の名を冠した美術館がありますが、南仏にもいくつかあって、そのひとつが、ヴァロリスにある国立ピカソ美術館です。ここでは大作『戦争と平和』と対面しました。洞穴のような礼拝堂を包み込むような壁画として描かれており、すごい迫力でしたが、正直言うとさほど驚かなかったかな。ピカソという人はとてつもないエネルギーを持ったアーティストだったと思うのです。世界中をめぐり、創作スタイルも次々と変え、膨大な作品を遺しましたが、どう変わろうと表現のテンションが落ちることがなかった。きっと場所、時代、ジャンルに左右されないパワーを持った人なんです。『戦争と平和』も、この地だからというより、ピカソならばと思わされる作品でした。

それでも南仏が彼にとって特別だったのではと感じたのは、町のあちこちでローマ時代の遺跡に出くわしたからでした。ピカソが生まれたスペインのマラガもここも、かつてフェニキア人の交易で栄えました。いまも路地からひょっこり『テルマエ・ロマエ』な人たちが現れそうな時代感。それがコート・ダジュールの色彩を重層なものにしているように感じました。

コート・ダジュールに来たらロゼを飲もう。それを楽しみにしていたんです。この強い日差しと乾いた空気にはロゼがぴったりくる。ちっとも暮れない黄昏も美しいロゼ色でした。

太陽の街に落ちる影とコクトー

ジャン・コクトーの作品というと、腺病質な妖しさを思い浮かべます。アヘンと縁の切れない生活、同性愛者ならではの美意識という印象からでしょうか。それとも初めて映画『美女と野獣』を見たときの〝怖美しい〟イメージのせいなのか。マントンの美術館でまとめて彼の作品を目にした時も、懐かしい悪夢みたいな世界観だなあと感じ入りました。ピカソやマティスが持つスケール感とは違う、鋭角に切り込んでくるようなスピード感があるのです。時には自分を切り裂いてしまうくらいの。

その彼が、この太陽の町に暮らしたのは少し意外な感じがしますが、強い日差しがつくる影を見て、納得がいったのです。太陽が強いと影も濃くなる。都会にはない、コントラストの強い影に浸りたかったのではないかな。そう、どこまでも暗いのです。

彼はここでピカソにフレスコ画の手法や陶器の手ほどきを受けたのだそうです。そして古い礼拝堂にペテロを描いた。そういえばココ・シャネルも彼を援助していたのですよね。暗いヤツだけど放っておけない。それもまたひとつの生命力のありようのような気がします。

サン・ピエール礼拝堂
Chapelle Saint-Pierre

quai Courbet, 06230 Villefranche-sur-Mer

コクトーが1956年から57年に制作したサン・ピエール礼拝堂のフレスコ画。魚網の倉庫として使われていたロマネスク様式の古い建物は、彼が聖ペテロの物語を描いたことで再建された。

パリのクレイジー・ホースへ

同じステージ・パフォーマンスをつくる者として、パリのキャバレーにはとても興味がありました。けれどムーラン・ルージュやリドには足を運んでいたのに、なぜかクレイジー・ホースには来る機会がなかったのです。でも、訪れて納得しました。意外な場所にあるんです。サンローランの目と鼻の先。何度も行き来した通りなのに気づかない。それも当然で、昼間はさして変哲のない外観が、日が暮れるとふわっと浮き上がるんです。まさにシャンパン。夜にだけ現れるはかない泡のようです。

アナログが生み出せる美の極致

ショーはある意味、シンプルです。大掛かりな装置はあまり用いず、鏡や照明で女性の身体を照らし出す。ダンサーは超絶技巧を持つヌーディな女性。〝ソフトマシン〟という女体を表すスラングがありますが、ここのショーをひと言で表すなら〝究極のソフトマシン〟。アナログで生み出せるパフォーマンスの極致ではないかしら。ダンサーは世界中から集められていますが、なぜかフランス女を体現している

ような人たちばかり。彼女たちについて、ショーマネージャーのスヴェトラーナさんが面白い話をしてくれました。
「彼女たちは、世界中から来るお客さまに夢を見せる世界一美しい女性でいなければなりません。厳しいオーディションをくぐり抜けたあとも、日々、厳密なボディチェック。ひとたびメンバーになればステージ・ネームでしか呼ばれない。本名の自分は捨てるのです。ただ、楽屋でちょっとした卑猥話に花が咲くことがあります。タブーなしのね。そんな日はステージがとても盛り上がるんです。面白いでしょ」

ひと匙の毒が舞台に熱をもたらす。その話を聞いて、まさにパリだなと思いました。たとえばプロヴァンスの太陽に照らし出された街の美しさ。もしくはアジアの新興都市に見るような漂白された街路。それとパリの美しさはまったく違います。ルイ王朝が絢爛を誇った時代も窓からは汚物が投げ捨てられ、サディズムもひとつの文化として誇る。そんなふうに、この街にはつねにわずかな腐敗臭があるのです。でもそれが、数滴のしょっつるが料理の味を奥深いものにするように、世界中の人を魅了する街にしているのでは……。ほの暗い地下の劇場で、昼も夜も、表も裏も、パリは美しい。改めてそれを感じていました。

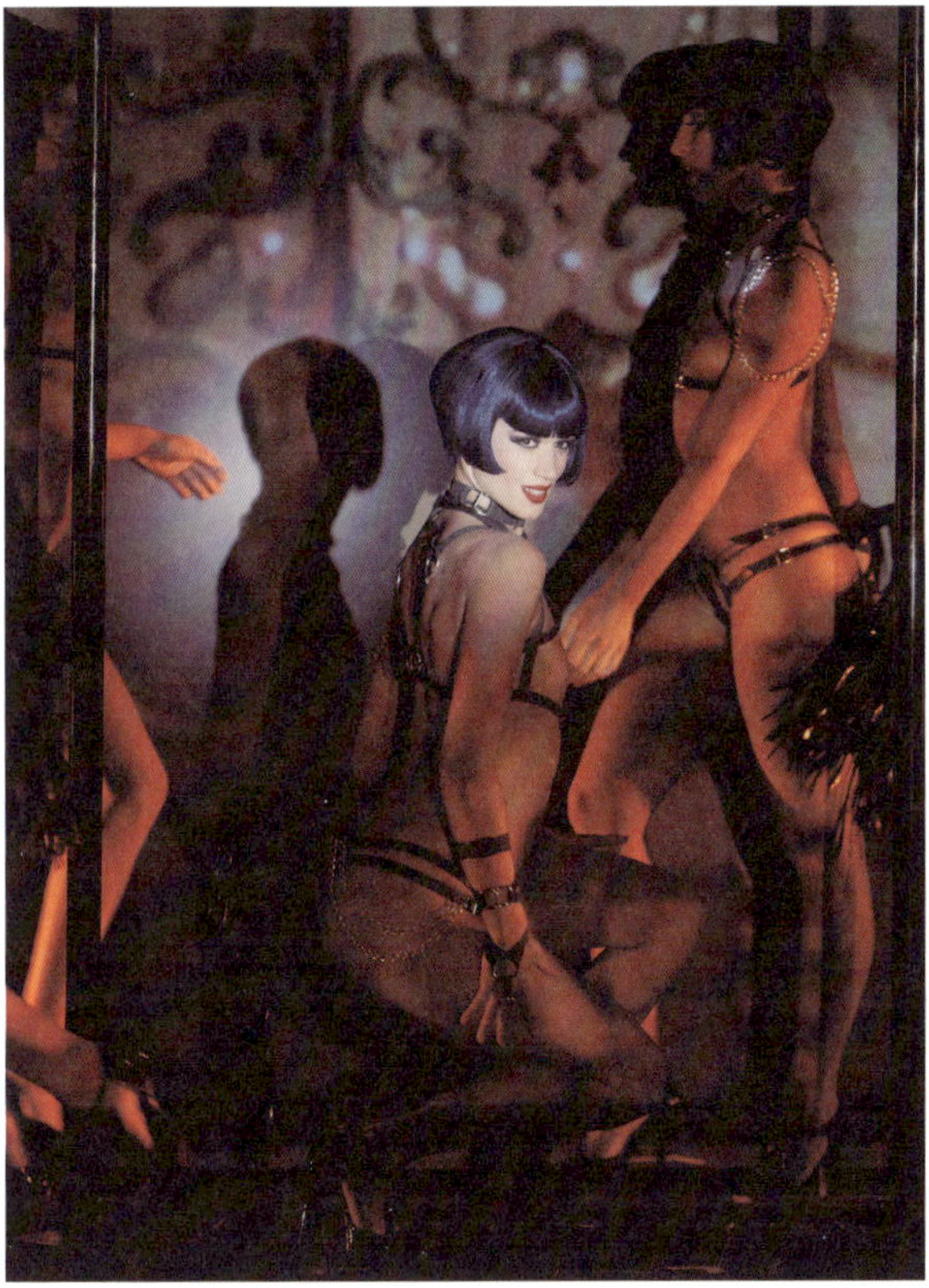

クレイジー・ホース

Crazy Horse

12, avenue George V, 75008 Paris
www.lecrazyhorseparis.com

19世紀末のパリに誕生したキャバレー、クレイジー・ホース。パブロ・ピカソやエリック・サティたちを夢中にさせ、ベルエポックへと導いた。取材に訪れたときのショーは『Desirs(欲望)』。「素晴らしくアートだと思う」とユーミンは魅入っていた。

スキャパレリのサロンへ

単純な話、パリにいるというだけでお買い物熱が跳ね上がります。きっとそれはフランスが国を挙げ、長い時間をかけて、ここがモードの都、アートの都と世界中に印象付けてきた努力の賜物なのでしょう。その策略に乗り、さまざまなメゾン、ショップを訪ねてきましたが、スキャパレリのサロンに伺えると聞いた時は、これまでとは違う興奮を味わいました。ショッキング・ピンクの女王と呼ばれ、ダリやジャン・コクトーとも組んで次々斬新なクチュールを生み出したけれど、エルザ・スキャパレリの引退後はクチュールの世界から消えてしまいました。そのメゾンに入れるの!? と。私だけでなく、世界中のモードを愛する人にとって、伝説の、幻のブランド。それがスキャパレリなのだと思います。

案内役のファリーダ・ケルファさんがこんな話をしてくれました。

「エルザは次々と新しいデザインを発明しました。ジッパーだらけのドレスや、パンプスをひっくり返した形の帽子。〝王冠を賭けた恋〟で有名なシンプソン夫人には股間に真っ赤なロブスターを描いた純白のドレスを着せた。どれもショッキングな、時にはスキャンダルとすらいわれたデザインでしたが、後のモードに大きな影響を及ぼしています。対して、同時代に活躍し、比較されることの多いココ・シャネルは、いくつかのアイコニックなデザインでキャリアを作り上げた。現在のビッグ・ブランドの多くが踏襲しているのはシャネルの流れですね。そうしてファッションはビッグ・ビジネスになっていきました」

確かに。ただ、私はマルコ・ザニーニがクリエイティブ・ディレクターに就任し、スキャパレリのクチュリエとしての歴史が再開されると聞いた時、うれしかったのです。リュクスを追求しつづけるブランドが蘇る。一握りでいい。けれど、真にリュクスなるもの、それを理解する人たちにいてほしい。自分にいつも言い聞かせていることがあります。ニール・ヤングの言葉ですが、「変わり続けるから、変わらずにいられる」。その素晴らしいお手本を、スキャパレリのメゾンで見せてもらったように思いました。

スキャパレリの香水「ショッキング」（左）。レオノール・フィニがデザインしたボトルは、ヴァンプと呼ばれた女優メイ・ウエストのボディラインから作られた。「洗練とセクシー女優、両極が合体するときに起こる化学反応は非常に大きい」とユーミン。

モネの庭、ジヴェルニー

パリから西へ1時間と少し。高速を降りて少し行ったあたりから、空気や光がそれまでとは違って感じられるようになりました。少し先にうっすら見える木立が、まるであの人が描いた絵のよう……と思ったその場所が、ジヴェルニーの入り口です。大好きな印象派。その印象派を印象派たらしめていると私が思っている作家がクロード・モネです。その彼が愛し、この場所と出合ったからあの『睡蓮』が生まれたと伝えられるのがジヴェルニー。ぜひ、訪れたいと思っていた場所のひとつでした。

美の巨人の完璧なパレット

彼自身が精魂込めてつくったという庭は、もちろん、素晴らしいものでした。彼にとってはこの庭自体がパレットだったのではないでしょうか。1年を通して何かしらの花が咲いているようにと百種もの植物を植えたそうですが、いい意味で整理されていない、自由という秩序によって出来上がった空間。咲いては枯れ、再び咲く。移ろいながら生き続けるこの庭があることで、モネ自身も生き続けているような。

ここの環境自体が、偉大な作品をも凌駕する表現そのものに感じられました。邸宅は、対談でお目にかかった原田マハさんが『ジヴェルニーの食卓』で描写していたとおり。アトリエ、居間、図書室……そこかしこに、彼と彼が愛した人々がいまもいるような華やぎが感じられました。80歳を過ぎても筆を置くことのなかった彼の元には最後まで多くの人が集まったそうです。肉体が衰えても、どれほどの苦しみがともなっても、創作への情熱を手放すことはなかった。その熱がこの家には残っているようです。

面白かったのは、モネがつくったここの庭が、逆に彼の作品を真似てつくったもののように感じられたことでした。眼前にあるのは現実の風景なのに、絵を見ているような感触。蓮の葉の下で魚が跳ね、水が揺れて魚の影だけが残る。その一瞬の画像などは、『睡蓮』そのものでした。以前、パリを訪れた際にオランジュリー美術館でじっくりと『睡蓮』を見たとき、作品が発する情報量の多さにおののいたのです。過剰に、写実に描かれているというのとは違います。近くで見れば周囲とは少し異なる点描がいくつかあるだけ。けれど視線の位置を少し変えて見ると、それが動く魚影や漂う水草になるのです。たぶん、何度も深く塗り重ね、そぎおとすことで到達した筆致なのでしょう。すさまじいテクニック。それによって、彼は1枚のカンバスにあの庭のすべてを封じ込めた。長い年月をかけて積み重ねた経験値がもたらした奇跡。ジヴェルニーで、現実の風景を前にしながらモネの絵を見ているようだと私に感じさせたのは、それゆえだったのかもしれません。

クロード・モネの家と庭園

Maison et Jardin de Claude Monet

Fondation Claude Monet

84, rue Claude Monet, 27620 Giverny

www.claude-monet-giverny.fr

上、モネが暮らした家のキッチンは青と黄色が基調になっている。残された器にも日本製らしきものが。下左、印象派の画家たちの間で最初に浮世絵に注目したのはモネだといわれている。この家にもレプリカが230点ほどある。下右、家の入り口には景徳鎮の大きな水鉢が置かれている。

現代アートの新聖地で、未来を感じる

ルイ・ヴィトン財団によるコンテンポラリーアートの美術館が、ついにオープンしたと聞いていました。そこを訪ねることができたのも、ラッキーのひとつだったと思います。ブローニュの森の奥にそれは現れました。前ページの私の後ろに立つ建物がそれ。パリの空に漕ぎ出していこうとする船のよう。フランク・ゲーリーが設計した意匠はすごすぎて現実感がないくらいでした。

有名無名とりまぜた作品たちを前にして気づいたのは、歳を重ねるほどコンテンポラリーアートが好きになっているのだなということでした。未来の表現に出合える喜び、というのかな。旅に持ってきたサン＝テグジュペリの本にこんなことが書いてありました。僕らが過去の幸せばかり語るのは、未来の幸せについてはそれを語る言葉を知らないからだと。でもここにはそれがあると感じたんです。未来の幸せについては想像するしかない。でもそれをたくましく想像し、提示しようとする表現がここにはある。未来を想像することは勇気。それも創作の役割のひとつなのだと改めて感じたパリでした。

フォンダシオン　ルイ・ヴィトン
Fondation Louis Vuitton

8, avenue de Mahatma Gandhi, Bois de Boulogne, 75116 Paris
www.fondationlouisvuitton.fr

ルイ・ヴィトン財団によるコンテンポラリーアートの新聖地、『フォンダシオン ルイ・ヴィトン』。まるで建物自体が生きているかのよう。現代アートは見る人によって大きく印象が変わる。「心の鏡とも言えるかも」とユーミン。

金沢へ、「侘び」の旅

初めてこの街を訪れたのは40年ほど前の冬でした。アルバムのキャンペーンのために地方のラジオ局を訪ねるという仕事のひとつだったのですが、その一度の出合いで私は金沢にすっかり魅入られてしまいました。なにがすごいって、まず、甘エビがとんでもなく美味しい！　といったら興が薄いでしょうか。けれど、いっぺんで私はこの街に胃袋から第六感まで鷲づかみにされてしまいました。

歩いて巡ることができるほど良いサイズ感。そこに城壁、町屋、花街、レンガの洋館などの古きよき日本がきれいに詰め込まれ、路地裏を歩けば大正ロマンってこんな感じだったのかなという風情が漂います。街を貫く2本の川は、男川と呼ばれる犀川と女川の浅野川。初めて訪れたときに見た、浅野川に雪が落ちる景色はいまでもはっきりと覚えています。この浅野川、しばらく後に別の顔で私を驚かせてくれました。ツアーで訪れた春、花吹雪が舞い、川べりに数十センチもの桜の花びらが積もっていました。そのときの光景は「花紀行」という歌になりましたが、別の想い出もあるんです。川べりの花びらをポケットいっぱいに詰めこんでステージに立ち、ライブで本物の花吹雪を降らせたんです。ここは、そんなこともしてみたくなる街です。

金沢の街を貫く、写真の犀川（男川）と、浅野川（女川）という２本の川。犀川は川幅が広く水量も豊富。金沢生まれの泉鏡花が浅野川を女川と描いた。浅野川の光景はユーミンの「花紀行」になった。

実は、金沢とは訪れる前に出合っていました。美大を目指していたころ（美大を志望したのは、名だたるロックスターの多くがアートスクールの出身だったという少々ミーハーなものでしたが）、第一志望だったのがこの街にある大学でした。入試科目に化学があることがわかり受験は諦めましたが、「ここで暮らしていたかもしれない」という想いが、金沢を見る目線を特別なものにしたのかもしれません。いまでも、ここに住んでみたかったなと思うことがあります。ただ、もし金沢の大学に入っていたら、ミュージシャンにはなっていなかっただろうとも思うのです。幻のホームタウン。それが私と金沢のちょうどいい距離感なのかもしれません。

新しいものは常に伝統の上に

この街を「加賀の小京都」と呼ぶことがありますが、同じ古都でも京都とはまったく違うように思います。京都の雅なきらびやかさは、お公家さんの街ゆえのもの。

金沢は前田のお殿様がつくった街です。根っこにあるのが武家文化ですから、どこかストイックで、それが私の居心地のよさにつながっているように感じます。加えて、この街には豊かなものづくりが根付いています。長い年月、加賀百万石のお膝元であったからだと想像しますが、いまでも街のテーラーでロンドンの有名店に負けないほどのものをつくることができるのです。そして加賀友禅。また、足を延ばせば、九谷焼があり輪島塗がある。とても素晴らしい伝統の技がいまも息づいているのはなぜでしょう。

そんな話を伺いたくて、金沢をベースに活躍する陶芸家の中村康平さんの工房を訪ねました。

「僕は長らく現代美術をやっていました。が、真なるアヴァンギャルドとは、インターナショナルであるためには、と考えたとき、伝統あるものに立ち返る必然性に迫られました。それでこの街に戻り、茶の湯の茶碗をつくり始めたのです」

ご実家は金沢の窯元。同じく陶芸家であった父上の中村梅山氏からは何も受け継がなかったとおっしゃいましたが、もし文化のない街に育っていたら、ものをつくることはしていなかったと思うという言葉に、金沢はやはりすごいなと感じ入りま

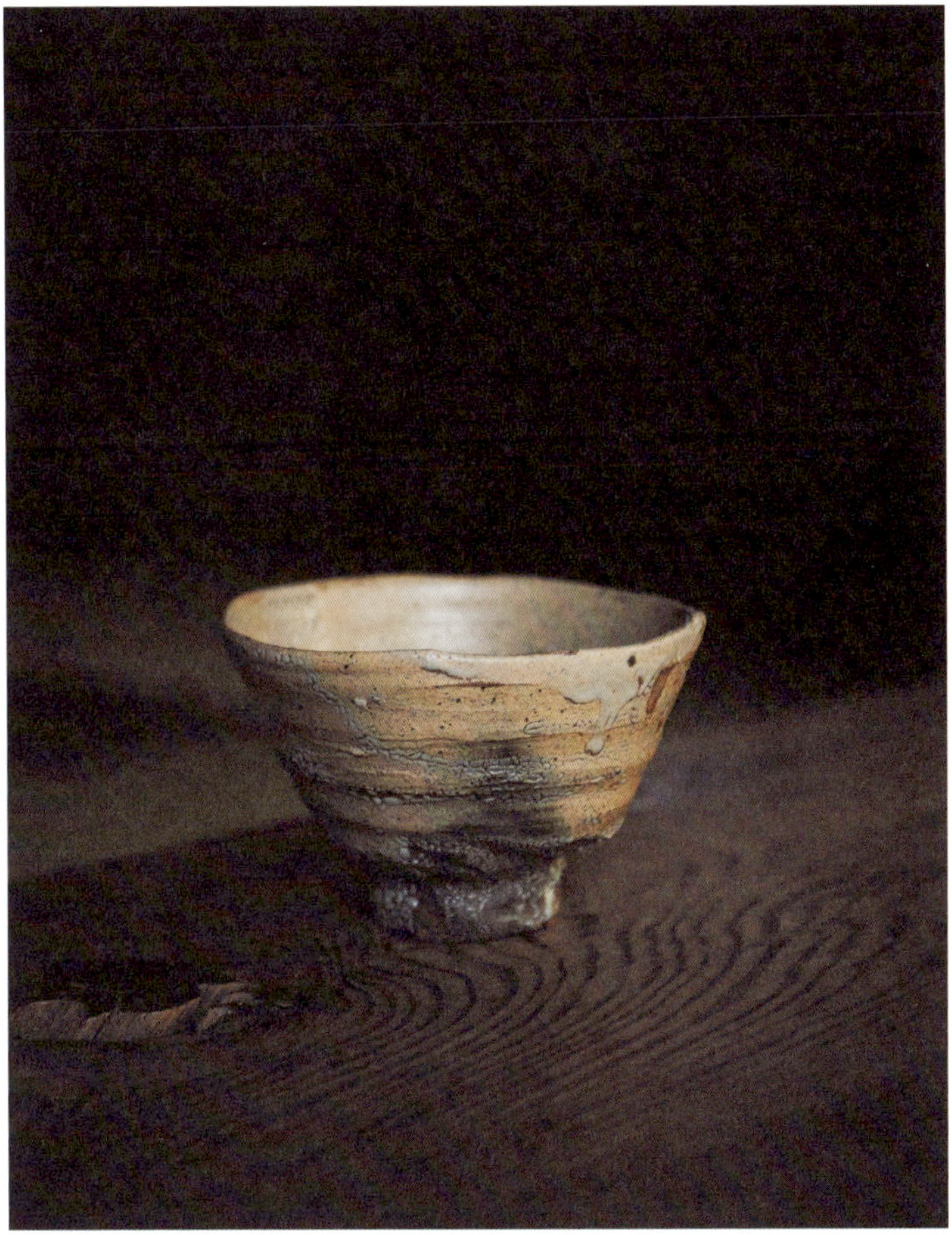

現代美術をやっていたという、中村康平氏の井戸茶碗。茶の湯の茶碗の中でも最も格の高いのが井戸茶碗。中村氏曰く、「作品にできるものは年にひとつあるかないか」。きれいに同じものを作るのは職人の仕事、陶芸家は上手くなりすぎてはいけないとも。

した。他にもいろんなお話をしました。無作為の創作はありえるか、真なるオリジナルとは、日本文化の中に「道」がつくものがあるのは……。その中で特に興味深かったのが「見立て」の話でした。茶碗の名作が名作としてあるのは、それを素晴らしいものだと見立てることのできた目利きがいたから。この街に素晴らしい工芸品が生まれたのは、手業が優れていただけでなく、この街が、それを見抜くだけの力を持っていたからということだと思います。

ただ、どんなに素晴らしくても、器は工芸品。飾って眺める美術品ではなく使うためのものです。洗って、しずくを拭ってしまう。お金を出せば、似たものは手に入るかもしれません。手間暇かけて維持するよりずっと簡単でしょう。けれど、そのものへの愛情が手間を惜しませないのだと思います。宮崎駿監督の言葉を思い出しました。

「大事なものは面倒くさいんですよ」

大事だからいろんなものを乗り越えられる。そして続いて行く。それこそがオリジナルということかもしれないと思いました。だって長い時間、愛情をかけた物は世界にたったひとつですもの。金沢は、そんなことも教えてくれる街です。

「轆轤は下手なんですよ」と中村氏。自邸の床の間には、父梅山氏の花器に、お母さまが活けたという笹二本。「それ以上、この空間に似合うものは見つかりません」と。右の中村氏の茶碗も、この街の空気感に沿う。

金沢の「華」、
女性たちから感じること

金沢は女性の街。初めてここを訪れたときから、私のなかではそうイメージが出来上がっていたように思います。ひとつには、最初に訪れたときに出会ったラジオ局の女性プロデューサーが、なんとも豪快で愉快でチャーミングな人だったから。居酒屋で美味しい甘エビに出合わせてくれたのも彼女だったし、サプライズ企画で金沢のあちこちに連れ回してくれたのも彼女でした。金沢の人って面白いなあ。そう印象付けられたのが女性であったことがひとつ。もうひとつは前回お話しした女川と呼ばれている浅野川の風景。男川と呼ばれる犀川が太くまっすぐに流れているのに対して、浅野川はゆるやかに蛇行している。先が見えないんですよね。そこがまさに女性のようだなと感じます。そしてこれを忘れてはいけない。花街の女性たちです。

金沢には主計町《かずえまち》、ひがし茶屋街、にし茶屋街といまも3つの花街があります。いまはそれぞれ賑わっていますが、私が最初に訪れたころ、にしは朽ちた郭という風情がありました。私はそれが気に入って、ここにあるひなびた旅館を定宿にしていたくらいです。

じつは、実家が呉服屋という商売柄、少女時代からお座敷遊びを少しばかり見知っていました。店にきれいどころのお姐さん方がよく来ていたし、両親がお座敷遊びをすることがしばしばあり、それに連れていってもらうこともありました。それから、祖父の後添えが芸者さんだったことも花街を身近にしていたかもしれません。小学生のころには清元のお稽古をしていた時代もあったんですよ。そんな思い出は、楽曲づくりにも影響していると思います。「14番目の月」などには、芸妓さんたちと花札で遊んだ記憶から生まれたフレーズが入っています。

横道にそれましたが、そんな少女時代を過ごしたので、私なりに花街のことは知っているつもりでした。が、金沢のお姐さんたちに出会い、別の魅力に惹きつけられました。百万石のお殿様の下で築いた華やかな文化がありつつも、素朴で気取りがないオープンマインド。それと呉服屋の娘としては、芸妓さんの着る加賀友禅の美しさも捨ておけません。箔や刺繍を用いず、染と彩色だけでつくられた加賀友禅は、この街の女性によく似合います。

エロティックでストイック

近ごろ、よく金沢案内をしてくれるのが主計町の芸妓、桃太郎さん。好奇心旺盛で、少し鼻っ柱が強い、面白い女性です。彼女は金沢の女性をこんなふうに言います。

「金沢には、料理屋の女将さんなど、お商売で活躍する女性が多いように思います。だからでしょうか。花街で働く私たちのことも特別には見ませんね。女性の仕事のひとつとして見てくださる。そしてみなさんが当たり前に声をかけて応援してくださいます。それがあるから金沢の花街は元気なのかもしれません」

桃太郎さんたちと美味しいもの行脚をして気づいたのが、この街の助け合い精神。鍋の最中に「お刺し身食べたい!」なんてわがままを言うと「ちょっと待っててください」と、どこからか運ばれてくる。お客さんが食べたいものの用意がないとき、知り合いの店に頼んで持ってきてもらうのです。東京ではちょっと考えられないことだと思いますが、これも女性が頑張っている街だからなのかもしれません。

金沢をユーミンに案内してくれるのが、主計町の芸妓桃太郎さん。好奇心旺盛、そしてちょっぴり鼻っ柱の強い魅力的な女性。「仲乃家」にて、「秋の色種」と「金沢風雅」を舞ってくれる桃太郎さんのお着物は、もちろん、加賀友禅。

美味しいものをたらふく食べて呑んだ翌朝、私はよく卯辰山《うたつやま》に登ります。眼下には川、少し遠くに目をやれば山に沼。加賀百万石で繁栄した街は、また、自然にも恵まれた場所であったことがわかります。『夜叉ケ池』などを読んでいると、この街で生まれた泉鏡花が、この沼や山を原風景に幻想的な物語を書いたのだろうと想像できるのですが、中でも『天守物語』に出てくる城。この世ではないどこかのはずなのに、金沢にいると、もしかしたらこの街のどこかに本当に実在したのではと思えてくるのです。妖しくエロティックで、ストイック。女性が輝く街だけれど、決して女々しくはなく、硬質な強さとしなやかさを併せ持っている。そんな女性がいたら、誰もが夢中になるでしょう。だからこの街は多くの人を惹きつけてやまないのだと思います。

Vive le Japon!

第4章

ユーミン世界に息づく、フランスと日本の文化

「フィガロジャポン」編集部から「フランスについての連載を」というお話をいただいたときは、じつは「私でいいのかしら」と思ったのです。もちろん、おしゃれ好きとしてはパリはずっと特別な場所だったし、サガンを始め、耽読したフランスの作家も少なくありません。音楽的にもヨーロッパの影響をうけてきたので、たくさんのフレンチ・ポップスを聞いてきたし、アートでは大好きな印象派がある。でも、それ以上のなにがあるだろうか。少し、そんなふうに思っていました。

けれど、プロヴァンスやパリへ行き、またフランスをテーマに――ときにはかなり脱線もしましたが――様々な方と対談をしたら、とんでもなかった。私の創作世界は、パリやフランス、フランス文化ととても深く結びついていたのだとあらためて感じ入ったのです。直接的に、ときにはワープ、ツイストして意外な方向から、フランスは私にいろんなものをもたらしてくれていました。最後にそんなお話をしてみたいと思います。

印象派を見る時、日本人であることを誇りに思う

——いくつかの対談を通して、ユーミンにとって印象派は大きな存在なのだと感じました。ことに、印象派に浮世絵が強い影響を及ぼしていることに、日本人として誇らしさを感じるとおっしゃっていました。

原田マハさんとの対談でも話に出ましたが、印象派以前、ヨーロッパの絵画は宗教画や貴族の肖像画が主でした。そこにパリ万博をきっかけにあらわれたのが浮世絵です。大胆な色彩や構図、そして題材。江戸の庶民にとっての浮世絵は、瓦版的なものでもあり、日常のなかにごく当たり前にあるものだったと思います。でも、それがヨーロッパの人にとってはとても衝撃的だった。

なかでも強く刺激されたのが印象派の画家たちだったのだと思います。「印象派に浮世絵が影響を与えた」という言い方をしますが、じつはちょっと違うのだと私は思っています。浮世絵をはじめとするジャポニズムがヨーロッパで巻き起こった

のは、印象派というカテゴリーが確立する前です。

――パリ万博に日本（江戸幕府）が初めて参加したのが1867年。印象派の名前の由来となっている『印象・日の出』をモネが描いたのが1872年。

もちろん、後に印象派と呼ばれるようになるアーティストたちはすでに活動を始めていたでしょう。けれど、すでにあった印象派に浮世絵が影響を与えたのではなく、印象派が出来上がっていく過程に浮世絵が大きく影響を及ぼしたということなのではないかと。印象派の生みの親とまでは言えないかもしれないけれど、印象派を生み出したもののひとつにはなっているように思います。

彼らがそれまで西洋画にはなかった、太陽に照らし出された世界を描くようになったのも、チューブタイプの絵の具が発明されたからといった画材の問題だけでなく、彼らが求めていた自然観が、浮世絵を前にしたことではっきりしたのでは。そんなことも思ったりします。

――具体的に、印象派を前にして「日本人である誇らしさ」を感じたのはどんなときでしたか。

オランジュリー美術館でモネの『睡蓮』を見たときがそうでした。あの美術館は、『睡蓮』の連作を収めるためにつくられたものです。照明も空調も、すべてがあの絵を見るためにしつらえられているわけですよね。じつは、特別扱いしていただいて、ひとりきりで観覧したのですが、『睡蓮』を前にした瞬間、「うわ！ ここは日本だ」と感じたのです。日本画に感じてきたものととてもよく似ていました。もちろん、芸術的な高揚感もありましたが、ミーハーなうれしさもあったと思います。人気の読者モデルが、じつは学校の友だちだったときのわくわく感みたいな。自分のことじゃないのに、鼻が高いみたいな。

ちょっと話が脱線するけれど、モネの『ラ・ジャポネーズ』を初めて見たときも、それと似たわくわく感を感じました。あの作品は、彼が最初の妻であるカミーユをモデルに描いたものですが、彼女が着ている赤いきものの柄が、虎退治で有名な『国性爺合戦』の和藤内なんです。子ども時代、大好きだった羽子板に描かれていたのが和藤内でした。それに気づいたときのうれしさったらなかった。お気に入りの人形が実は世界に認められるものだったみたいな。そんな誇らしさでした。

でも、オランジュリーで感じた高揚感は、技法的にも裏打ちされたものだと思います。『睡蓮』はとても日本画を意識した技法で描かれているんです。日本画は色を出すために絵の具を何度も塗り重ねますが、そのやり方がとても似ています。日本の岩絵の具はそれぞれに質量が違うので、先に塗った色があとからにじんできたりもしますが、そのにじみをあらかじめ計算しているのです。また、日本の絵の具は質感によって焦点深度が変わるのですが、それを油絵で試みている。そのせいで、普通より焦点深度が深くなっていると感じました。

それから、見る場所を変えると、それまで見えなかったものが見えてくるんです。距離、角度。それが違うとほんの少しずつ違う顔を見せてくれる。抽象的な言い方になってしまうけれど、日本語と同じで、限定しないことで見えてくる世界が絵画にもあるのだなと教えられました。


――モネの家があるジヴェルニーに行かれたとき、モネが描いた庭にいるのに、逆にそこを「モネの絵みたい」と感じたと話されています。

そう、あれは面白い逆転現象でした。それで思い出したのですが、ファンの方に「ユーミンの曲を聴くたびによみがえる思い出があるのだけれど、それを繰り返すことで、実際に起きたことよりも、きれいな思い出になっている気がする」と言われることがあるのです。思い出は、そうして補正や矯正や、ときには改ざんされていくものなんですよね。ジヴェルニーで経験したのもそれと少し似ているのかなと思います。少し哲学っぽくなるけれど、事実はあっても、リアルなものなどないんです。真実やリアルはそれぞれが自分の脳の中で作り出すもの。見たいものを見たいように見る。感じる、ってそういうことなのかなと思います。

葛飾北斎の『神奈川沖浪裏』と「海を見ていた午後」のデフォルメ

——浮世絵はいかがでしょうか。印象派とユーミン・ワールドは、一瞬を切り取ることで果てしない世界を生み出そうとする点でつながっていると思いますが、浮世絵にもシンパシーを感じることはありますか。

好きな浮世絵のひとつが葛飾北斎の『神奈川沖浪裏』なのですが、あの絵の構図は実際にはありえないアングルですよね。先ほどの事実とリアルの違いとちょっと通じることかもしれないのだけれど、描きたいもののためには、事実との整合性をすっとばすことにためらいがない。そのためにデフォルメやクローズアップをうまく使っているのが浮世絵なのだと思います。

「海を見ていた午後」という曲で、「ソーダ水の中を貨物船がとおる」という詞を書きました。このフレーズは多くの方の印象に残るようで、「山手のドルフィンに行ってソーダ水を頼みました」と言ってくださる方がたくさんいるのです。でも「ソーダ水の中に貨物船は見えませんでした」と言われることもとても多い。そう、実際にはグラスの中に貨物船を見ることはかなり難しいです。そもそもドルフィンから三浦岬は見えないですしね。でも、嘘ではなく、浮世絵と同じ、デフォルメなのだとわたしは思っています。「中央フリーウェイ」にもそういうところがあります。事実との整合性はさておき、歌の世界観としてそういうふうに見える。

もうひとつ好きな浮世絵が、ゴッホが模写したことでも知られる歌川広重の『大はしあたけの夕立』です。あれも本当にすごいなあと思います。橋にかかる雨が線で描かれていますが、その線が少し斜めになっているんですよね。それだけで急な夕立で橋を渡る人たちが慌てている様子が感じられるし、木版画だからすっぱりした線だけれど不安定。それがさらに動きを出しているように感じます。

日本語は「てにをは」がひとつ違うだけで、世界が変わってしまいますが、絵にもそういう「てにをは」があるのかもしれません。

堀口大學がいなかったら、詞を書けていなかったかもしれない

——プレヴェールやサン＝テグジュペリについても深く語っていただきました。フランス文学とユーミン・ワールドはどのようにつながっているのでしょうか。

少し斜めから入りますが、2015年、世田谷美術館で行われた写真家の濱谷浩さんの生誕100年の作品展を見たのです。戦前の銀座を撮った写真など、とてもしゃれて素敵でしたが、文壇の人々を撮ったポートレイトもたくさんありました。

谷崎潤一郎や芥川龍之介、与謝野鉄幹、与謝野晶子、坪内逍遥に永井荷風。その中に堀口大學がいたのです。野原で娘と楽しそうにしている姿は、童謡が聞こえてきそうなくらい温かなもので、イメージとはだいぶ違ったのですが、しだいに別の感慨がわいてきました。私はこの人がいなかったら詞を書けていないいんだ、と。足を向けて寝られないと感じる人は他にもいますが、堀口大學は格別かもしれません。彼の写真を前に、頭を垂れる気持ちになっていました。

堀口大學の翻訳の素晴らしさについては、松岡正剛さんとサン=テグジュペリについて話した際に出ましたが、他にもあったはずと少し記憶を整理してみたんです。するとあれもそうだった、これもというのが、記憶の底からいくつも出てきました。例えばアポリネールの「ミラボー橋」(『月下の一群』収録/新潮文庫)。有名な詩ですが、その中に繰り返し出てくるのがこのフレーズです。

日も暮れよ　鐘も鳴れ
月日は流れ　わたしは残る

この「日も暮れよ　鐘も鳴れ」というところにくると、胸がほのかに熱くなるの

です。原文は

Vienne la nuit sonne l'heure
Les jours s'en vont je demeure

意訳だと思いますが、「日は暮れよ」でも違うし、「日が暮れて」でもない。先ほど「てにをは」が変わるだけでという話をしましたが、格助詞がひとつ違うだけで世界が違ってくる。「日も暮れよ」というひと言が、文字のない行間と相まって、ミラボー橋を私に見せる。そういう感覚を味わわせてくれます。

そして「月日は流れ　わたしは残る」。この、時も恋も、周りは全部変わっていくのだけれど、自分はここにいるという概念にも大きな影響を受けています。私だけここにいる的な歌は、私の曲に少なくないと思います。

日本的な発想では、本来は逆なのかもしれません。自分だけが変わっていって、周りの風景はそのまま。「ゆく河の流れは絶えずして、しかももとの水にあらず」と書いた鴨長明がそうですよね。

堀口大學は、自分の言葉の紡ぎ方を、建築様式の名を借りて迫持式《せりもち》と言っています。迫持式は、主柱を置かず、様々な素材をせり合わせ、アーチ状に積み上げて堅固な建物にするのだそうです。堀口大學の言葉も、主題を強調することより、行間を生かし、音読したときにそこから発せられるたくさんの情報が全体の印象をかたちづくっている。生意気ですが、それにはとても影響を受けていると思います。何かをはっきり言うのではなく、様々な状況を合わせ、積み上げてひとつの世界観をつくる。私の歌のつくり方に通じる部分です。

また余談になってしまいますが、学生時代に通ったお茶の水で、聖橋を渡るたび、「ここはミラボー橋!」みたいな感覚を楽しんでいました。向こうにニコライ堂が見えて、橋の下は、実際には鉄道が走っているのだけれど、セーヌ川が流れているのではないかというようなヴァーチャルな気持ち。それをもたらしてくれたのも「日も暮れよ……」のフレーズだったように思います。

──堀口大學はジャン・コクトーも訳しています。フランス訪問では、コクトーが壁画を描いた礼拝堂のあるヴィルフランシュにも行かれました。

そう、ヴィルフランシュでは、あの独特な空間に幻惑されて、自分のなかにある様々なものを掘り起こすところまでいかなかったのですよね。もったいないことをしたなと、街を後にしてから思いましたが、今になって効いてきました。

堀口大學が訳した詩のなかにコクトーの代表作とも言える「耳」（『月下の一群』収録／新潮文庫）があります。

私の耳は貝のから
海の響をなつかしむ

これだけの短い詩ですが、ずっと記憶の底にあって、「遠雷」という曲はこの詩の持つ雰囲気へのオマージュになっています。

過ぎた日々に　耳を寄せる
乾いた巻き貝　はじけた恋

アポリネール、コクトー、ランボー、ジイド……。堀口大學はたくさんのフランス詩を訳していますが、その中から自分でセレクトした数百の作品を『月下の一群』という訳詩集にまとめています。私たちミュージシャンで言えばオムニバス・カバーアルバムみたいなことになるのかな。これだけ様々な詩人の言葉を訳していれば影響を受けないはずがなく——カバーアルバムを手掛けたことで生まれたオリジナル曲みたいなことでしょうか——彼自身の詩、「夏の思ひ出」の冒頭では、「耳」と重なる言葉を並べています。

貝がらに、海の響が残るやうに、
私の耳の奥に、彼女《ひと》の声が残って、
アドヴァンテエジと叫び、
ジュウス、アゲンと呼ぶ。

翻訳とは、基本的に意訳だと私は思います。言語が異なれば、意訳でなければ成立しないのです。夏目漱石がI love youを「月が綺麗ですね」と訳したように、坪内逍遥がロシア語のI love youを「死んでもいい」と訳したように。欧米人がI love youと言ってちゅっとキスする。そういうシチュエーションが日本にはありえなかったのですから、「愛してる」では通じない。「月が綺麗ですね」のほうがずっとI love youと伝えたい気持ちが届く。言葉はそういうものなのだと思います。

文語体をイメージしてつくった「春よ、来い」

――松任谷さんは、作家の水村美苗さんが書いた『日本語が亡びるとき』をとても興味深く読まれたそうですね。水村さんはイェール大学でフランス文学の博士課程を修了していらっしゃいます。

はい。あの作品にはとても感銘と衝撃を受けました。大和言葉を使う人がいなくなってしまったら、「詠み人知らずの歌をつくりたい」という私の夢も叶わないものになってしまうという話を何度かしましたが、その可能性がフィクションではないのだと知りました。

私たちが今、使っているこの日本語は、ずっと以前から続いてきたもののように思っていますが、じつは明治の終わりから大正にかけて作られたものなのだそうです。明治維新後、まずは新政府をつくるために、手本を求めて薩長土肥の人たちがヨーロッパに留学します。それが一段落した後、今度は文化的知識を求めてエリートたちが渡欧します。夏目漱石や森鷗外ですよね。新たな知識は、その国の言葉ができなければ獲得できません。当時で言えば英語、ドイツ語、フランス語ができなければ、新たな知識を得ることはできなかった。当時のエリートたちは必死になって語学を習得し、欧州の知識を日本語に置き換えることをなしとげたのです。そうするなかで、それまで文語体と口語体にはっきり分かれていた日本語が、今、私たちが使っているようなものになっていった。

さらに脱線しますが、日本人がなぜ12年間も英語教育を受けているのに英会話ができないのかというと――これも水村さんの本で知り納得したことのひとつですが――日本語が優れすぎているからなのだそうです。日本では、ほとんどの高等教育が日本語で受けられます。だから英語をはじめとする外国語を習得する必要性がないのです。これが可能な国はそれほど多くありません。やはり日本語はすばらしいと思いました。フランスをテーマにした本で言うことではないかもしれませんが、本当に優れた言葉なのだと思いました。

でもそれは詞をつくっていてつくづく感じます。先ほど、文語体と口語体の話をしましたが、今でも文語体で通用する部分もあるのですから。

1994年に「春よ、来い」という曲をつくりましたが、あの詞は文語体でと考えてつくったものでした。きっかけは松任谷(正隆)でした。私の楽曲づくりはたいてい曲が先で、それに詞をつけます。このときも先に曲が出来上がり、それを聴いた松任谷が「淡き、みたいな言葉で始めない?」と言ったのです。「淡き、みたいな感じが見えるから」と。それをヒントに書いた歌い出しが、

淡き光立つ　俄雨

俄雨が降り、地面が濡れてほの明るくなる。その光が立ちのぼる感じを、文語体を借りることで5文字8音で言い表せるんです。口語体ではこうはいかないし、言葉を重ねるほど、描きたい絵から遠のいてしまいます。文語体でしか表せない匂いや光が、イントロの音質や歌唱と相まって5次元になる。しかも、歌の強みは、時間と空間だけでなく、匂いも運べるのですよね。

それと、浮世絵がそうであったように、日本の古いものは海外で高い評価を受けてきました。そしてその事実を私たちは知っています。なのでそれらを見るとき、一度、外国人の目を借りて見る感性を私たちは手に入れていると思うのです。「春よ、来い」で使った日本語もそのフィルターは通っています。また、「満月のフォーチュン」などは、外国人が見た浮世絵やシノワズリを歌にしたというところがあります。フォーチュンという言葉は「フォーチュン・クッキー」から引っ張り出してきました。あのクッキーを前に、外国人が愉快そうにおみくじを取り出す姿。全体としてはまぜこぜなのだけれど、ラインはきっぱりとした浮世絵的な歌だと思います。

フランス文化を引き出しに持ち、日本語という言葉で世界を描く幸せと誇り

――近代に入って、日本はフランスに二度、かぶれているように思います。最初は、銀座が戦災で焼けてしまう前の、モボ・モガたちに代表されるフランスかぶれ。二

度目が60年代の、サガンら、パリのアーティスト、ファッショニスタが世界を席巻していたころのフランスかぶれ。ユーミンはどちらにより影響をうけたのでしょうか。

両方だった、ということが今回よくわかりました。私にとってのフランスは、フレンチ・ポップスから始まっているように思っていたのです。ミッシェル・ポルナレフやフランソワーズ・アルディに惹かれて、楽曲もパリのカフェへのオマージュから「静かなまぼろし」が生まれたり、パリのアパルトマンを舞台にした「12階の恋人」があったり、サガンからインスパイアされて「セシルの週末」が生まれたりしています。

でも、前作『POP CLASSICO』をつくる過程で、その下に「フランス」という引き出しがずっと昔からあったことに気が付いたのです。プレヴェールや堀口大學、サン＝テグジュペリ。もちろん、彼らの作品に影響を受けたことはわかっていましたが、こんなに奥深かったのかと、驚きました。

60年代のフランス・カルチャーはとてもかっこいいです。繰り返しリバイバルされるファッションはもちろん、音楽も生活スタイルも、現代ではこのときのフランスが一番かっこいいと思うくらい。ただ、あの頃のフランスはアメリカに強い憧れをいだいていた時期でもあったのです。ジョン・コルトレーンやマイルス・デイヴィスのモダン・ジャズに心酔し、ファッション的にもアメリカンなディテールがあちこちに見受けられるのです。そういうフランスが私は大好きでした。でも、それに影響を受ける以前に、もっとクラシックなフランスのカルチャーや言葉が私の引き出しの奥底に横たわっていた。60年代の勢いあるフランスの影響を私なりの創作世界に昇華できたのは、それがあったからではと思います。でも、もっと言えば、それらの引き出しは、日本文化や日本語という堅固な枠があるから、私の中にしっかりと納まっていたのだと思うのです。

フランス万歳！ ですが、同時にVive le Japon!（ヴィーヴ・ル・ジャポン）日本語という言葉で自分の世界を描くことのできる幸せと誇りを、これからも味わい続けたいと思います。

衣装協力

[松任谷由実]

イエナ（イエナ ルミネ立川店）

イザベル マラン

カシラ（CA4LA ショールーム）

サカイ

ジミー チュウ

シモーネ ロシャ（ドーバー ストリート マーケット ギンザ）

J.W. アンダーソン（ドーバー ストリート マーケット ギンザ）

スティーブン ジョーンズ（CA4LA ショールーム）

ドリス ヴァン ノッテン

ル トロワ（エディット フォー ルル青山店）

ロシャス（オンワードグローバルファッション）

ヴィクター&ロルフ（スタッフ インターナショナル ジャパン）

[原田マハ]

ÉCOLE DE CURIOSITÉS

[エリザベット・ドゥ・フェドー]

シャッツイ・チェン

[スプツニ子！]

シモーネ ロシャ（ドーバー ストリート マーケット ギンザ）

マイコ タケダ（シスター）

[妹島和世]

サカイ

[柚木麻子]

オランピア ル タン（EDSTRöM OFFICE）

装丁

名久井直子

本文デザイン

名久井直子、畑 友理恵

校閲

円水社

構成・文

矢口由紀子

写真

レスリー・キー〈カバー〉 赤尾昌則(whites STOUT)〈対談〉

篠あゆみ〈南仏〉 河西亘〈パリ〉 大島たかお〈パリ〉

葛飾北斎「富嶽三十六景　神奈川沖浪裏」／千葉市美術館所蔵

スタイリスト

青木千加子〈対談〉 清水奈緒美〈柚木麻子〉

ヘア＆メーク

遠山直樹(Iris)〈松任谷由実〉

KUBOKI(three peace)〈原田マハ〉

河西幸司(Upper Crust)〈スプツニ子！〉

成澤雪江(twiggy)〈妹島和世〉

廣瀬瑠美〈柚木麻子〉

コーディネーター

横島朋子〈南仏、パリ〉 稲場美和子〈金沢〉

協力

雲母社

※本書は雑誌「フィガロジャポン」2015年5月号〜2016年4月号までの連載「アンシャンテ ユーミン！」を中心に大幅加筆し、再編集したものです。

JASRAC 出 170119009-01

松任谷由実

Yumi Matsutoya

通称ユーミン。1954年1月19日、東京都生まれ。72年、多摩美術大学在籍中にシングル「返事はいらない」で荒井由実としてデビュー。73年、ファースト・アルバム『ひこうき雲』をリリース。それまでのフォークソングとは一線を画する、ファッション性の高いメロディと独自の写実的な歌詞で、女性シンガー・ソングライターの草分け的な存在に。76年、アレンジャー、プロデューサーである松任谷正隆と結婚し松任谷由実に。革新的なステージを生み出してきたアーティストであると同時に、本名だけでなく呉田軽穂名義で他のアーティストにも多数の楽曲を提供。2012年11月20日にデビュー40周年を迎え、記念ベストアルバム『日本の恋と、ユーミンと。』をリリース。16年11月、38枚目となるオリジナルアルバム『宇宙図書館』を発売。同時期より自己最長・最多本数の全国ツアーを開催。

ユーミンとフランスの秘密《ひみつ》の関係《かんけい》

2017年2月25日　初版発行

著　者　松任谷由実
発行者　小林圭太
発行所　株式会社 CCCメディアハウス
〒153-8541 東京都目黒区目黒1丁目24番12号
電話　販売　03-5436-5721
　　　編集　03-5436-5735
http://books.cccmh.co.jp

印刷・製本　大日本印刷株式会社

 ISBN978-4-484-17202-6

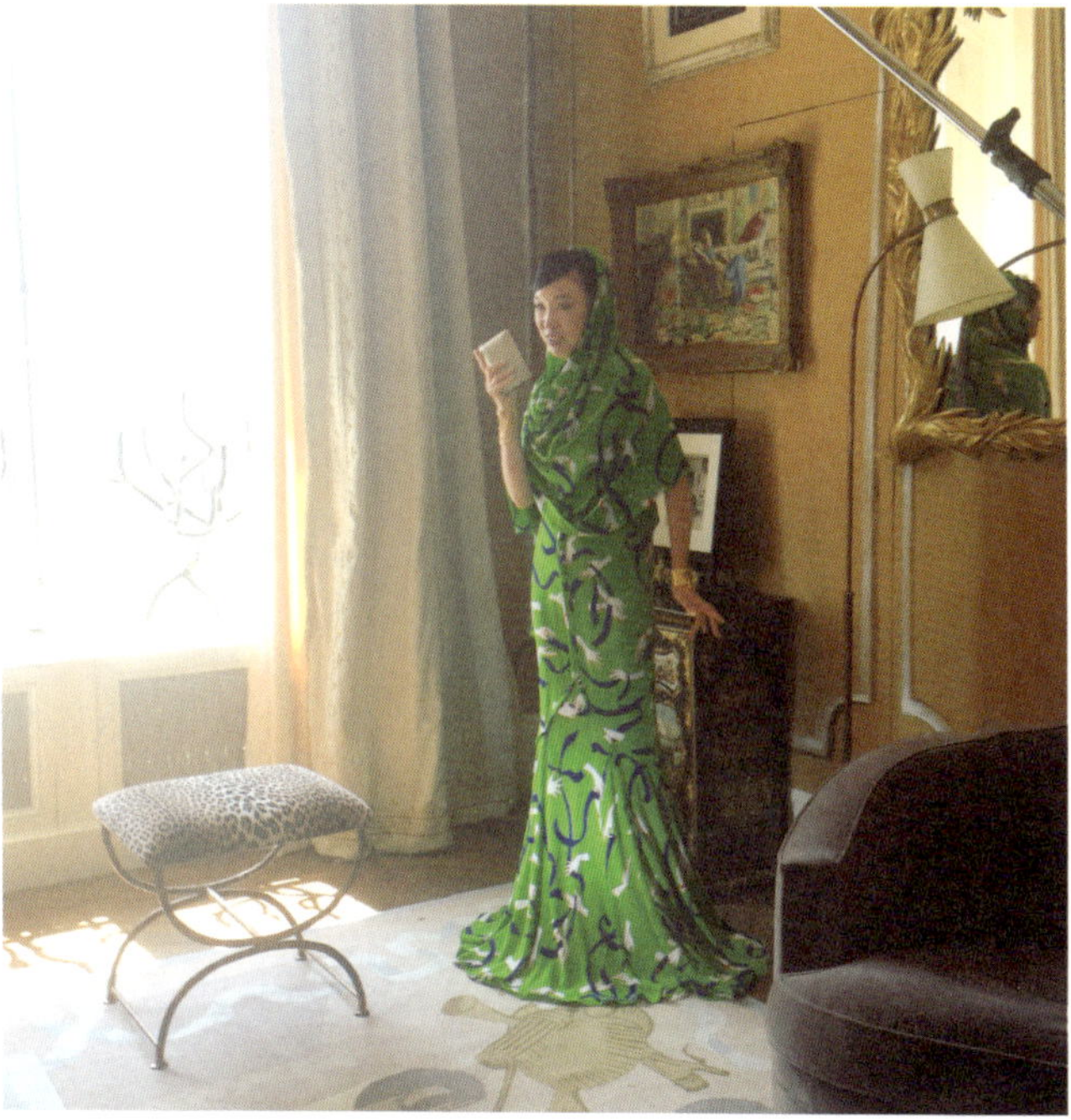

album photo de voyage en France

雑誌「フィガロジャポン」の取材でフランスへ。旅先でいつもそうするように、今回も、現地のお土産物やさんで買ったアクセサリーを身につけ、出合った音楽はその場で購入。現地の空気感を纏いながら歩き、日本にもたくさんの思い出を持ち帰りました。

Médiathèque
Françoise Sagan

TRAITEUR

CRAZY
HORSE